U0060552

南國夢獸
林益彰 著

南國夢獸

原《美麗島夢獸／南國之子－臺讀華語行旅詩》
此書曾獲選文化部青年創作
此書曾獲選南寧藝術家
此書曾獲選全球周夢蝶詩集獎入圍

市長序

四百年歷史之都，淬鍊出臺南文學繁華盛景

臺南是一座充滿歷史風華的古都，擁有深厚的人文底蘊，也是首座以文化立都的獨特城市。這座城市代代人才輩出，不僅藝文發展蓬勃，更在豐饒的沃土上盛開出如百花般的文學繁景，在地域風土上，自府城至鹽分地帶，由老城區到廣闊的濱海和蓊鬱的山林之地，每個地區皆蘊含著故事的濃鬱香氛，化為創作者的養分，孕育出不同地區獨有的文學風景，並於文壇上各領風騷；在歷史縱深上，從古典詩文、鄉土寫實文學，到當代的創新語彙，長久以來不間斷地綻放著耀眼多彩的光芒，滋養且豐富了人們的心靈內涵。

在即將歡慶文化之都四百年之際，欣見老中青及不同文類領域的創作者共同為臺南的文學花園點綴出更加動人的光彩與榮景，作品無論是使用本土語言或華文，文類不論是現代詩、散文或評論集、報導文學等，在在都充滿了在地的生命力。作為一座值得沉浸巷弄之間、細細感受品味文化內涵的城市，長期推動文學發展，鼓勵與激發文學創作能量，並同時持續出版文學作品，保存文學史料等，

皆是市府重要的文化政策之一，也是責無旁貸的首要任務。

臺南作家作品集累積至今已進入第十三輯，縣市合併後總計出版了八十四冊優秀文學作家的精彩作品。本輯經由臺灣文學專家學者：國立成功大學陳昌明教授、呂興昌教授、廖淑芳教授，以及國立中興大學廖振富教授和國立臺灣文學館林巾力館長等人所組成的編審委員，以主動邀稿和公開徵選等兩種方式，經一番評選後，共選出邀稿作品龔顯榮《拈花對天窗——龔顯榮詩集》、林仙龍《我在；我在鹽鄉種田》，及徵選作品顏銘俊《向文字深邃處摘星——華語文學評論集》、蕭文《記述府城：水交社》、許正勳《往事一幕一幕》、林益彰《南國夢獸》等六部優秀文學作品，兼顧資深作家作品與年輕世代的創作，內容豐富多元。感謝五位委員們的辛勞與獨到眼光，不使有遺珠之憾，也感謝作者們的珍貴文稿，共同榮耀了臺南文學，並為這座城市點亮光彩。

臺南市　市長 黃偉哲

局長序

一起領略文學帶來的心靈饗宴

臺南作家作品集的出版，是對臺南文學的致敬，也是作家們熱愛臺南生活與文化的真摯表達。今年第十三輯共出版六部作品，在字裡行間，書中每個角落流淌的故事，彷彿時光隧道，帶領我們重返時光；在每一篇章，都能感受到熱情與堅韌的在地文化精神貫穿其中，臺南飽滿的文學風景和故事情節躍然紙上。

龔顯榮是臺南先輩作家，於 2019 年過世。他的第一本詩集《來自靈山的一朵小花》出版於 1968 年，並直到 1990 年才發表第二本著作《天窗》，成為其巔峰代表作。可惜兩書皆絕版多時，此次經高雄師範大學退休教授李若鶯積極聯繫後代和各詩刊、文學雜誌，徵得詩稿和授權，終能編成《拈花對天窗——龔顯榮詩集》專書，再現前輩作家精彩詩作，極為珍貴難得。

資深作家林仙龍，出身鹽分地帶將軍區，早年離鄉在外工作，在歲月淘煉後，近十餘年在故鄉蓋了一幢小農舍，頻頻返鄉居住，過著一面耕農一面書寫的生活，完成詩、文及田園景致交融的《我在；我在鹽鄉種田》，全書既描繪出鹽鄉特有的濱海與鹽田風景，也營造出情意靈動的境界。

顏銘俊，是哲學領域的年輕學者，除了學術研究，也長期書寫文學與電影評論，新書《向文字深遂處摘星——華語文學評論集》便收錄了三十三篇評論文章，計有二十九篇新詩評論、四篇散文評論，每篇皆是紮實的細讀細評，非泛泛討論，對於喜歡新詩的讀者們，是很具有參考價值的一本書。

出身府城地區眷村的蕭文，長期爬梳水交社眷村人文歷史和人物故事，最新作品《記述府城：水交社》內容以三大部分來深入記錄在眷村的生活經驗，也書寫出外省族群集體的共同記憶。

臺語文創作者許正勳是濱海地帶七股人，他早期擔任國中英語老師及國內外臺語師資培訓班講師等，曾榮獲多屆文學獎項肯定，著有《園丁心橋》、《放妳單飛》、《鹿耳門的風》及《烏面舞者》等多本臺語詩集、散文集。新書《往事一幕一幕》是其二十年完整的心情紀錄，立意樸實，文字精煉，共分為地景、至親、黃昏、囝仔時、鹽鄉、人物、詠物、環保及心情、雜記等十輯，作者回顧一生的路，有甘有苦，一幕一幕，感觸良多，化為一首一首真誠的臺語詩篇。

年輕作家林益彰，曾榮獲不少文學獎項，並出版多本著作如《南國囡仔》、《臺北囡仔》、《石島你有封馬祖未接來電》、《金門囡仔 ・ 神》等，作品亦常刊載於國內各報章雜誌。新書《南國夢獸》風格創新，詩句與詩意富奇幻風格，是新生代另類的書寫語言。

本輯六部作品，有如六場心靈饗宴，每一部作品都各有其不同的特色和精彩之處，在此邀請喜愛閱讀的朋友們，一起來領略臺南文學的多樣性面貌。

臺南市政府文化局　局長 謝仕淵

主編序

傳承與累積

臺南作家文學從古典到現代，傳承不斷，縣市合併前至今，近三十年的作家作品集，每年都有豐碩的傳承與累積，老幹新枝，各呈風華。此次《臺南作家作品集》推薦與徵選作品輯共十一冊，最後決定出版推薦作品《拈花對天窗——龔顯榮詩集》、《我在；我在鹽鄉種田》，徵選作品《向文字深遂處摘星——華語文學評論集》、《記述府城：水交社》、《往事一幕一幕》、《南國夢獸》共六冊。

龔顯榮《拈花對天窗——龔顯榮詩集》。作者是府城前輩詩人，其作品富含哲理，轉折微妙，詩作〈天窗〉膾炙人口，早年即有意收入其作品出版，惜未能獲得手稿，此次幸經李若鶯老師與其家人聯繫，才得以授權，彌足珍貴。

林仙龍《我在；我在鹽鄉種田》。作者是著作頗豐的鹽分地帶作家，成名甚早。他的兒童文學、詩、散文都有相當多的讀者，此次以返鄉後生活為書寫主題，自然景物與田園生活，天光雲影，詩文並呈，筆下鹽鄉農漁生活與事物記趣，寧靜而不喧嘩，值得品味。

顏銘俊《向文字深邃處摘星——華語文學評論集》。這是一本以現代詩評論為主的著作，本書逐字逐句分析詩作，專注於詩句與詩旨的推演，作品詮釋深入，文字有味，雖析論模式稍嫌固定，但作為愛詩者的導讀之作，堪稱適當。

蕭文《記述府城：水交社》。作者出生眷村，長期挖掘水交社眷村的人物故事與社區歷史，訪談紀錄甚多，發表過許多相關文章。水交社是臺南眷村的重要指標，本書考證蒐集許多第一手史料，記錄近代史縮影，題材深刻，值得保存。

許正勳臺語詩集《往事一幕一幕》。作者長期書寫臺語詩，早已卓然成家，此次透過地景與人物書寫，更為動人。尤其第三輯「黃昏」，寫夫妻恩情與妻子罹病過世後的思念，情真意切，感人肺腑。

林益彰《南國夢獸》。作者雖年輕，卻已得過許多文學獎，擔任「南寧文學．家」進駐的藝術家，書寫臺南三十七區，言語跳耀靈動，充滿奇思幻想，用典有趣，頗具個人創新風格。

本輯主編　陳昌明

（國立成功大學中國文學系名譽教授）

作者序

葉石濤：作家本來猶如一隻吃夢維生的夢獸。

臺南是一個人們作夢、幹活、戀愛、結婚、悠然過活的地方。

《南國囡仔》是一个聳勢、飄撇、鑠奅的南子漢。

《南國夢獸》是一本經典、聯名、潮流、跨界的商號詩集。

未來，來日，「阮南子漢」是這一生。

賡續《南國囡仔》的南國魂設計，《南國夢獸》係以時尚、藝術、設計、精品、街頭作價值標註，接銜趨勢承先啟後欲為「阮南子漢」擘造出，新世紀的文學潮牌。

作者簡介

林益彰

曾獲臺灣青年節優秀社會青年、臺南400年創意評審、聯合文學超迷你文學獎、竹縣藝文補助、雲林文化藝術作家、111年度臺南大學傑出校友推薦人、華文現代詩五週年詩獎、全球周夢蝶詩獎入圍、移工文學暨東南亞故事派對、雲林縣教育詞曲獎、礁溪詞曲詩獎、雲林水林文學獎、臺灣文學獎入圍、守護南山詩獎、新化虎頭埤文學獎、連江文化處補助、長庚生技詩獎、新北書架上的現代詩獎、臺南影片策展、羅葉藝術獎、羅葉文學年度特別獎、新北文學獎、屏東萬年溪詩獎、後生客語文學獎、臺北文化局藝文補助、屏東六堆忠義亭300年詩歌獎、宜蘭吳沙藝文獎、林百貨為林寫詩、新化楊逵文學獎、文化部青年補助、南寧文學家、東北角草嶺詩獎、海洋大學海洋詩獎、勤益文以載數文學獎、泰北文學獎、臺中文化局藝文補助、全國優良詩人獎、新竹縣吳濁流文藝獎、屏東閩客原文學獎、竹縣文化局補助、海墘營詩獎、成大客語文學獎、天母扶輪碩士論文獎、雲林虎尾文學獎、屏東大武山文學獎、阿公店溪文學獎、金車文學獎、臺南文學獎、葫蘆墩文學獎、金門縣文化局補助、太平洋國際詩歌節獎、教育部閩客文學獎、臺中后里文學獎、臺文戰線文學獎、臺師大優秀博士生獎、全國西子灣文學獎、澎湖菊島文學獎、高雄青年文學獎、戰遊網文武雙文學獎、海峽兩岸漂母杯文學獎、臺北文化局補助等，作品亦刊載國內各報章雜誌。

出版《南國囡仔》、《南國夢獸》、《臺北囡仔》、《石島你有封馬祖未接來電》、《雲林囡仔你要回來了嗎》、《竹縣夢獸》、《金門囡仔 ‧ 神》、《大臺中囡仔》。

林益彰曾頻道與 Blog：

https://www.youtube.com/@user-jh1sr6hw6f/videos

https://www.youtube.com/@user-jh1sr6hw6f/shorts

https://blog.udn.com/puresuit/article

▲ 林益彰頻道，請由此掃碼。

目次

喃喃吃貨

南國炎詩擂臺

南國夢獸

南國街頭觀察詩

1　臺灣保時捷 Porsche Taiwan

我終會於乳白的造夢裡
書寫出宇宙朗讀的聲浪

握住筆尖，如奔騰的馬力
以渾厚激昂的音符
駛過虎豹巨象，鷹眼般的注視
太陽星星及月亮啊
在巍峨微渺的眼神中
你只是靈魂澎拜的配備

繼續書寫，彷彿轉動的方向盤
島嶼的神話慢慢掙開隱喻
依憑飛螢的痕跡駕馭著
巡遊的翅翼，斯圖加特盾徽的印記
風土應允的芬多精

2　南國漁光島號

記憶的旅客你好，
四百年的光影，
這裡是南國白噪音廣播，
歡迎搭乘臺江湛藍的詩句。

記憶的旅客你仍聽得見嗎，
鯨豚抑揚頓挫的韻律，
冉冉地開往漁光島星球，
鯤鯓海城的屋宇，
沿途會有安平追想曲的隱喻，
寶美樓五條港孕育的言辭，
並請留意蚵灰窯鑿敲的字裡行間，
漁火、春潮、觀海、聽濤嘉眖的語藝。

即將開啟熱蘭遮年輪的臟器，
賦歸時請記得只有留下，
關於大員與你的回憶，
我們，抵達的時光旅客啊。

3　大員皇冠，安平，我回來了

身穿花紅長洋裝
風吹金髮思情郎—安平追想曲

親愛的，你是否已見到我了
是安平大員皇冠的名姓
隨著古老深情的鯤鯓內海
冉冉於時間的漣漪擘造
賦彩悅喜風華靜謐的屋宇

親愛的，你是否仍記得
安平大員皇冠守候的意義
願地泥貝葉嘹喨蒼翠的椰林
願水岸的潮汐得以歸航滄桑的年輪
願離家的孩子能明晰，真真地明晰
那幅湛藍與晶綠薈萃的點滴
南城之心所孕育的尾韻

我不知為何想站在魚簍天井
此刻仰望與俯瞰恍如記憶在言語
言語煉瓦跳動的味蕾
彩豐粵菜異國情趣的技藝
慢慢為離家歸鄉的孩子
端上家鄉味婆娑的香氣

親愛的，我們終會相見的
或許夕霞是晝夜書寫的言語
依憑安平大員皇冠戀戀的足跡
徐徐地向風華絕代的歲曆
潑灑出千錘百鍊無瑕的意境
陸上諾亞方舟行渡的軀體

4 南方博仁堂

這就是武廟，咱的角頭
是簡簡單單的博仁堂
善良可愛的博仁堂
正能量的博仁堂
大哥，先等下，這裡
是中藥鋪別走錯棚

是益智堂也可以是慶餘堂
不是麥芽糖不是牛奶糖
沒有花生糖也沒有高血糖
古早味煮椪糖是在府中街
不要告訴我藥膳十全要全糖
還有，大哥哥大姊姊
益智堂慶餘堂是中藥鋪
沒有賣益智遊戲和電動玩具

最後最最最最溫柔地說聲
是進補涼補的博仁堂
望聞問切的博仁堂
精氣神的博仁堂
膳食撮要別唸成膳食最耍
說真的，親愛的大哥大姐
騰龍秘丸是在二零零八的金瓶梅

5　石島你有封馬祖未接來電

卡蹓親愛的
福州平話朗讀的聲線
四鄉五島的孩子啊
你有一封連江石島
來自馬祖的未接來電
元尊陳年的香甜

6　臺南，我又被說不正常了

修理目加溜灣，修理黃黃噍吧哖
嬌喘的承天府高呼乳鹽的隱喻
或許僅剩臺灣詩路最多汁
爾來了吸吮南鯤鯓的燒酒螺
依憑荏苒的光影拎起大王蓮言語
月津港喔，倒風內海喔，曾文溪喔
真理的鑰匙就鎖於島南鹹濕的冰箱裡

如果熱蘭遮有座新冰箱
來喔，你來喔，老樹屋溫柔的瞇音
小南國土雞城的上等料理
燒燙燙的土窯雞閣來喔
漁光島喔，城隍爺喔，德陽艦喔
你有沒有聽見安平追想曲調皮了
壞壞的砲臺又開始壞壞了

其實普羅民遮有座舊冰箱
來喔，我來喔，大井頭斑駁的胴體
寶美樓土雞城柔潤的掌紋
白浪滔滔的料理誰怕怕
水仙宮喔，風神廟喔，北極殿喔
遠岸擎舉的蜂炮準備開始不正常了
激盪的五條港你怎麼笑得如此烏腳病

修理香格里拉，修理沙卡里巴
鹽色紅跤筊這邊羞喊著福爾摩沙
吳園社教館的風雅頌那邊搖啊搖
恍似欲向故障的城垣遺跡忐忑
你好我不加糖不吃米和牛肉或虱目魚
蹦米芳喔，燒肉粽喔，棺材板喔
叫那位站得像湯德章別再風車詩社了

7 東豐花裡 FORi Flower

與荏苒言語
翠綠郁郁
寸艸告訴我
那斑駁的命題
是花裡構詞的足跡

蓓蕾指引著
萬籟俱寂的鱗片
以純粹的羽翼
慢慢睜眼琉金的眸月
兜攏闃夜的晶瑩
花裡藏玉般的思緒

花裡，該如何落筆
剝落牽著盛綻
沾起恬靜的墨印
向沉默的章頁
書寫謬斯的名姓

8　彰化之翼

最自由的飛翔
是否像那沉重的八卦山

穿戴著老邁的軍機
時間即便是前進的敵人
勇猛果敢矯健起舞
始終如那滾滾流動的
母親之河濁水溪

我們是否已感覺到
沉重枷鎖的山脈
已慢慢揮動翅翼
慢慢揮動出，彰化之翼

9　戀戀杉林溪

初晨的眼眸安靜著，
終夜的光影慢慢地入眠，
恍若宇宙翻閱晶瑩的字語，
依憑纏綿悱惻的金水杉，
深淺舞動純粹磅礡的呼吸。

杉林溪突然慢慢地靠近，
以花卉芬多精的燦爛饗宴，
若石井磯壺穴裡溫馴的足印，
候等禮佛的燕子捎來口信，
關於戀戀杉林溪咀嚼的隱喻。

那是海洋的味蕾，雲霞繁茂的潮汐，
始終佇於不靠海的近海之地，
拎著湛藍洋的文墨筆跡，
拾起青綠疊翠的浪花於未竟，
鐫刻天地眼所凝視的起承轉合，
餘情未了的的潺潺杉水溪。

10　臺江登山隊

我乃曠野里獨來獨往的一匹狼
不是先知，沒有半個字的嘆息一紀弦

山外有江，江上又有山
晚陽，夜鐘，閃閃爍爍
走過峯山，泅渡怒江
沿途滾滾俗世紅塵
慢慢唱著歡悲離合
歡悲離合

攀登，停留，浮浮沉沉
稜稜角角或隨波逐流
不過是眼裡的縹緲瞬間
天外天，山外山
山外之江而江上何有山

跋山涉水又如何
登頂巍峨罷了
當我緩步於下山時
回頭細數彼時的足印
遙想著，遙想著

我乃攀登的江浪
沒有長嘆，沒有半句哀愁
唯以長棲的山江
呼喊那幅未竟的光影
那幅想像的光影

想像未竟的光影
就是天地也無法抵達
每個人心中都有屬於自己
屬於自己的一座山
沒有炫目的過癮
一個人的命定
沉默珍藏的命定

11 鯤鯓蝴蝶

兩個黃蝴蝶，雙雙飛上天
不知為什麼，一個忽飛還
剩下那一個，孤單怪可憐
也無心上天，天上太孤單─兩隻蝴蝶，胡適

晚渡安平灘，泅游濺起浪
沙鯤想抽菸，漁火借來點
鹿耳春潮陪，寄普感動天
聽濤觀海帆，亭臺永福間

12　臺南蝸牛巷

悠然言語，慢活的大宮町
蜿蜒的段落慢慢走著
想像的蝸牛撞進我的眼睛
如真善美戲院淺淺地鑿亮
宮古座紙短情深的鄉憶

飛石樓的波紋向我揮著手
眼前的島旬拾起點滴
醒醒咖啡遞上了咖啡，醒醒
小豪洲沙茶爐怎麼譬喻
嶺後街的年輪突然安靜了
蝸牛巷點燃風雨的風景
風雨裡的錚錚鋥明

永福路的章節無願說話
巷弄卻開始舞跳細針的塵音
如蝸居拙藏古玥的居所
依憑蝸牛揹著宇宙應允的光影
皇皇航行島南悠活的旋律

13　南國，河樂廣場

雲葉落下，翱翔的格律
以鯨豚荏苒的筆墨
於鄉愁勾勒的眼眸書寫
河樂此生的抑揚頓挫

泥壤的足跡穿起湛藍
點點滴滴的命題
恍似潮浪的森林，海洋樹的隱喻
向俯瞰的時光構詞
淩雲御風的扉頁
河樂園的錦繡

關於河樂，王城的體裁
隨著月光的指尖
翻閱閃電、驕陽與盛雪的修辭
或許當寧靜開始咀嚼闃夜
闃夜已於翠綠的意象
開花南方揚帆的波光粼粼
鑲金的噴泉之歌

14　七股藍眼淚

不再只有七個人
七股，你的名字叫
天堂遺落的鹽山
飛著尾生之誓的琵鷺
帶著未竟回憶的內海
我站在國聖港極西點
香瓜似的鹽粒

15　在學甲老塘湖穿越

在地球上散步

獨自踽踽地

我揚起了我的黑手杖—紀弦　在地球上散步

在老塘湖睡著

時代踽踽地

我舉起我的蜀葵

並把它恣意地放在

慈而濟的交趾陶

讓那群戰亂的喧囂

得以聆聽閒雲鴿笭

爾後閱讀學甲的隱喻

16　府城百年木屐老店

穿木屐，屐屐屐
百年的王城，百年的木屐
故事人生的腳步聲

屐屐屐，是我的木屐
行渡五條港的木屐聲
走踅府城的西門圓環仔
度小月，鱔魚麵，魠魠粥
踏著長木屐，頭家我閣來啊
焦鬆清涼，袂滑閣清芳

我的木屐，屐屐屐
歡喜穿木屐，四界來賺食
漂浪人生咱的下港
百年府城的，木屐聲

17　時之河書屋暫停營業

日子安靜著
紅牆黑瓦拎起斑駁
化為潮汐的心跳
向我潑灑一身的湛藍
野渡的歌唱

分秒喧嘩著
以時之河的嗓音
書屋的臟腑
慢慢地朗讀，冉冉翰墨
彼幅千丘萬水的錦繡

我像聽見鯤鯓正揮手著
夕陽為舟，雲霧操槳
深淺地向洋海的年輪
辭句翠綠的書房

18 後壁之戀

我想我會在
我定會在你們後方
毫無言語地
無怨無悔
即便有天發現
我仍會靜靜地在你們
在你們的後方
如果可以
就讓我靜靜地在你們後方

19　我在臺灣詩路吃吐司

孤獨是一匹衰老的獸
潛伏在我亂石磊磊的心裏—楊牧

未吃完的吐司
我怎忘記帶走了
或許遺失是記憶的言語
未吃完的吐司
吐司是一串吃獸的夢
任由木棉樹在燒陶的指尖
依憑紅磚朗朗的脈絡
於欒樹風鈴木花旗木的眼睛
揹起一種雨季的思緒
那時我便知道
忘記帶走的吐司
遺失便是道尋覓的隱喻

20　我在忠義路小南天想起

小南天是黑的
誰說夜晚毫無光影
那已不重要了

或許繁花不過一行
勝與炭的筆墨

小南天的時代是沉默的
如忠義路這條仄窄的名姓
或許未說完的言語
不過一行番薯崎消逝的面容

小南天告訴我走下去
走著走著誰該想起那一行
窖地臺甕鼓惡龍百貨
朦朧又純粹的詩句
純粹卻深邃的修辭

21　靜音的龍崎

世上只有一種英雄主義
就是在認清生活真相之後
依然熱愛生活—羅曼羅蘭

或許淺灘的耿耿潮汐
已是我這輩子能拾掇的
靜好歲月的盆缽
龍船崎頂名為神獸的隱喻
靜靜地愣愣地看著

22 新營鹽水綠都心

這一生足夠了
急水溪少年看著
急水溪老年聽著
中壇元帥牽著天鵝花鹿
綠都心的風吹著吹著
舊營新營還是鹽水港廳
那不再是重要的風景
八角樓伏見宮貞愛親王出航了

23　大凍山東山

浪海無風
花紋終究想像
寶劍無鞘
空谷僅為靜音

我不知道我
我為什麼要跑來東山
站在大凍山
看著吉貝耍
呼喊和安雅哆囉嘓
羅亞阿里昆

24　佳里北頭洋

任星移物換，隨其改朝換代
你便默默地站成一座墓碑—羊子喬，飛番墓

孤城
在多年之前
那是多盛綻的花紋

莫問
多年之後
我們聽著文獻
看著番刀
對無名的墓碑
勾勒詭譎的思念

歸期
如抹長途夜車
於星語心願
書寫燦爛的
枯萎

25　窄巷的孩子－見窄門咖啡有感

誰站在風雨下的騎樓
彼座滄桑歇停的灯火啊
點滴回首的故愁
慢慢地讓終夜來書寫
閃爍萬千的錦繡

是騎樓的故事告訴我
你會回來斷簡殘篇早知道
那些擦間而過的云烟
慢慢於多年以後
聚散成歸途的胸口
窄巷節拍的光眸

只是我習慣站在角落
偏執地凝視鄉樓的斑駁
依隨輕歎的窄巷揮著揮手
揮手彼岸倔強所褪下的徬徨
爾後再慢慢穿起年少時
如高崗薈萃的宇宙

26　非讀 BOOK 臺南愛讀冊

將書籍堆疊成梯子
愁鄉的思想近了
輕歎的斑駁

白日夢實在太過喧嘩
那是辭字的未竟啊
巍峨的凋謝

名為虛實的這本詩集
為何仍喜歡穿起殘篇斷簡
到底有哪位詩人，詩人
欲將藏玉的錦繡
印向日常斑斕的輪廓

這無以名狀的阡陌
已深淺地依憑宕冥的隱喻
順至純粹所靜寂的臉龐
百鍊千錘的泥冊

27　未竟南國之文—致林檎二手書室

那像南國眾聲辭彙裡
毋願被叨擾的詩句
枯萎卻又燦爛
紅蘋的滋味

總有些詩句的落筆
執意穿起離島似的修辭
行踏侍讀的段落
絕續斷簡殘篇的風聲
慢慢於光陰的指尖
萌芽荏苒所凝視的字語
昏黃起舞的玫瑰

生命的枝椏自會歸迴
如那群散佚的書籍
存於標點間紛飛
紛飛起承轉合的書頁

28　我的生命不過是一場回到南國

成為你的夜晚
缺盈的月光，荏苒的晶瑩
想念是宇宙點燃的笑意

夕日突向我言語
恬靜潑灑闃黑的輪廓
而月光從角落跑出
淪落披起街火的裙襬
追想牽著孤寂
靈魂的音曲

月光是失眠了
濃霧的襲袍走來
蔚藍寫下朦朧
鄉愁的子宮不過是
影子彈唱的耳窩

29　左鎮之骨

說不上來
我突然在這點起
早已忘記火苗的菸

這裡以前很多人呢
現在也是
只是都是化石而已

居然還會有日出
那是遲暮的雲彩
抑或噙著珠淚的晚霞

我站在坂犀牛前
像照著鏡子
喃喃唸起
左鎮的骨頭
是在預言什麼

30　我在崇善路走了一天

不知道為什麼想在崇善路
竹篙厝清粥小菜能不能配咖啡
是路易莎還是超商還是
崇善路上的咖啡良知多耀眼啊
我拿著全家的高粱加咖啡加柳橙汁
你全家就是我家我家依舊是我家

不知道為什麼想躺在崇善路
聽說竹篙厝以前叫德高厝
聽說德高厝以前叫整排牙齒
原來齒德可風可以這麼玩
太好玩，太調皮，太正常了
老闆，我要份水缸豆花加麵加披薩
加可樂雪碧的萬福羊肉真的腥得好可愛

不知道為什麼想躺在崇善路
是德高厝，不對是忠孝厝，不對
我坐在銀座日本料理前
想像鄭成功拿著大古鐵器
左敲花茬米藝術，右磨居酒屋燒烤
不知道監理站為什麼長得像黏鼠板

31　涅白杉林溪

初晨的凝眸靜靜荏苒著
終夜的光影吟詠入眠
若千錘翻閱晶瑩的字語
依憑纏綿悱惻的金水杉
深淺舞動純粹磅礴的呼吸

琢磨的雲煙皇皇近靠
以花卉芬多精的燦爛措辭
如石井磯壺穴裡溫馴的足印
候等禮佛的燕子捎來口信
關於想像杉林溪咀嚼的隱喻

是海洋的味蕾，雲霞繁茂的潮汐
始終佇於忘海的近海地
擺渡湛藍錨錠的墨筆
拾起青綠疊翠的浪花於未竟
鐫刻天地眼所藏奉的起承轉合
那幅餘生何了的潺潺濤溪

32　竹山書苔

與詩篇的翰墨對話
荏苒固守蒼冥的篇頁
斑駁的燈岸如鯨
愁鄉的羽翼聆聽著
日星河嶽閃爍的歸途
緋櫻翺翔的眉心

那是朗朗滄桑的指引
站向落葉枝椏兜攏的旋律
言語偏執的萬籟俱寂
天地虔敬的肩軀恍若睜眼
於瀑布展翅的鱗片
磊落龍雲浩然的名姓

關於歲月該如何落筆
隨水漾森林點撥的段落
編織九九吊橋點綴的敍事
允諾複沾燕庵婆娑的墨印
此刻沉默披上清晰枯萎的時序
使杉林溪於貝葉間徜徉
子丑寅卯輝映的舞景

33　小北仔，回家

回家，回家的路啊
清清楚楚卻又蜿蜒崎嶇
躊躇、迷惘、猶疑不定
回家的路是在那裡
而我又該怎麼走過去

記憶是眼淚的臟器
公園路、中山路、永樂市場
披著四維地下道的點點滴滴
經過赤崁樓文昌閣
我停在石精臼充斥羈絆的詞語前
愣然是此刻的清晰
恍若漫漫野渡的意象間
始終橫著堅定執拗的方舟

小北仔、民族路或小府城臨時地
稱謂不再是尋搜的印記
名姓不過是牽引的漣漪了
大頭仔、蔡介雄、阿兄矣、阿姐矣
記憶仍有多少尋覓尋覓的隱喻
還未被回憶朗朗地勾起

當熟悉的夜晚再次來臨
當北極星再次燦爛這座不夜城
當此起彼落的演奏再次喧騰時
我知道我會沉默，我該沉默地
靜靜地聆聽眼前
盛世再起的南方之音

34　六甲落雨松

「我是你的。我帶我的生生世世來
為你遮雨！」—積雨的日子，周夢蝶

才剛抬起頭
好心情讓落雨松超級小地
打在頭上
電棒燙的頭
林鳳營陸橋狂笑著
菁埔埤也手足舞蹈
我沉默我無語
我慢慢地說
會找到你的
定用生生世世為你
找到專屬的消波塊
為你遮雨
那時你不用歡喜
更毋須恐懼
米糕魚羹排骨酥
還有六甲麵茶粉冰
會為你寫上
上路安心

35　彼時臺南航空站

讓我飛一下
想要飛的石頭
仍是地上的石頭

帶我飛一下
夢想裝了翅膀
還是夢想在想像

讓我飛一下
也帶我飛一下
就飛一下
卻等了好多時空

飛翔的石頭
或飛翔的翅膀
我在臺南航空站
看見籠子裡的紅蜻蜓
震動奇怪的時空

36　雷虎水交社—見 F-5E 戰機

天空走來
湛藍的翅翼
以雷虎的形狀
向島南路途書寫
水交社之名

水交社名姓
F-5E 戰機奏樂
依隨飄逸的基石
燃點渦輪噴射
水岸香榭似的音律

水岸香榭言語
光域的隱喻
虎式二型的引擎
讓淡然的馬赫飛航著
堡壘方舟的水交社

37　南國・東都

靡不有初
鮮克有終—大雅

當你說著臺南
我站在溪北

你說著鹽水溪
我坐在急水溪
八田與一夜晚的眼睛
聆聽著曾文溪

大員埋冤臺窩灣
承天萬年天興
諸羅郡臺灣郡安平郡
鹽水港廳

從鹽水溪到
曾文溪再到急水溪
再回到曾文溪
我到底在説什麼

當你説著臺南
我站在溪北

38　埔羌頭永康

企盼，莫問歸期
在那遙遠的溪畔水岬
靜好的歲月會按下
按下暫停的隱喻
永康你的隱喻
名為羌鹿的眼睛

39　安南臺江

菅芒花仍飄著飄著
晚渡聽濤漁火觀海與春潮
在那臺江十六寮安順的
南國月牙灣

40　志開新村水交社

讓思念遠走
光之神域
水交社的名姓
哀默的 F-5E 戰機

讓沉澱入眠
水交社的機翼
以道別的虎式二型
經緯護守的基石

讓水交社言語
依憑飄逸的星空
馬赫的風速
書寫翔夢的引擎

讓淡如水飛向
志開新村的年輪
呼喊渦輪噴射的思念
關於南方的翅膀

41　蕭壠佳里勇士

假如生活欺騙了你，
不要悲傷，不要心急—普希金

多年之後
我在這條土墟
名為天堂遺落的河道
人間的溪流
撿起被迫遷的文書
對話破碎的契約
多年之後
在這青風會文藝聯盟
南溟藝園的紙張
旌義佳里
該要如何隱喻

42　目加溜灣善化

歲歲思歸思不窮，泣歧無路更誰同
蟬鳴吸露高難飽，鶴去凌霄路自空
青海濤奔花浪雪，商飆夜動葉梢風
待看塞雁南飛至，問訊還應過越東—沈光文

當我站在花海裡
我卻看著彼岸的花海

當我不斷找著新港語的文獻
關於荷蘭井平埔族的足印
我才發現轉了一圈
又回到目加溜灣的原點

43　想像大內南瀛天文館

是天空是海洋是星星
我彷佛瞥見獅獸角鹿與鯨豚
依憑繆斯的眼眸觀測
南瀛返歸的天空

是鷹鷲是碎葉是離枝
我彷佛聽見宇宙棲息的言語
言語芬多精荏苒的光影
赤苗的明火始終是駐留於夜裡

是風聲是花團錦簇是遺缺
或許那襌佛流瀉的天文
毋須聆聽也毋須眼見
關於天文館已獨自婆娑著
南瀛銀鏡野望的鄉野

44　親愛的，虎頭埤—走讀大目降圖文詩

我讚美你
你以你的手，你的力量
建立你的王國
贏得你的愛人—讚美蕃王，追風

一、 走入虎頭埤後

我默默地坐在，
默默的虎埤泛月前，
猶似典雅湖岸，
隨著滴浪的勾勒，
慢慢地，冉冉地，
徐徐地在朗朗的漣漪中，
雕刻關於府城南瀛，
山明水秀的意象，
大目降專屬的言語。

我靜靜地坐在，
靜靜的虎頭倒影間，
彷彿悠然涵碧，
依憑漁火般的餘暉，
緩緩地，點點地，
深淺地於慢行的方舟，
耿耿抒發遊子入岸的音律，
虹影倒月的隱喻，
新化山水畫的尾韻。

我默默地，我靜靜地，
走過相思林穿過桂花巷後，
坐在八角亭岑寂的思量，
關於虎頭埤生生世世的關於，
大目降的虎頭埤啊，
你是雲霞飛泉的歸宿，
以鳥居神社屹立的肩軀，
欲為美麗島南方寫下一首，
澄澈聳峙的粼粼詩句。

二、 來虎頭埤上課

那是山林敘事護守的心跳，
Tavocan 的標題，Tuā-bak̍-kàng 的筆畫，
澄澈悠然的發音，
以虎頭埤為課堂教室，
泛月的意象為桌，餘暉作椅，
相思林的風葉颯爽地吹著，
吹著吹著，如筆尖繕寫的聲音。

虎頭埤啊，西拉雅族的漫漫呼喚，
央託相思林給我一張稿紙，
純粹的稿紙如張浩渺煙波的版面，
以盛夏的阿勃勒為筆，
冬令的火焰木為墨，
依憑萬丈紅霓的譬喻，
雲岫倒影的起承轉合，
於桂花巷的字裡行間構詞，
猢猻樹的脈絡，垂彩光影的寓意。

親愛的，願我們一起來朗讀，
我們已有多少時日沒有好好地，
好好地為福爾摩沙的虎頭埤朗讀，
就讓達卡浪與莎韻當小老師，
以瓊橋下的方舟節奏為音律，
輕慢地為歸鄉的遊子說聲，
虎頭飛泉古道，虹影碑樹流水，
這篇恍似白噪音般的樂章。

三、 想像大目降虎與鯨豚

那是很久很久的故事了，
或許有些擱淺的故事，
終不及那面黰黃阿勃勒，
阿勃勒樹下湖畔煙波的抑揚頓挫，
也終究不及過客人們指著，
虎嶼水橋下的朗朗斜月，
更終究不及辭人騷雅的筆墨，
以垂彩虹影夢囈似的修辭，
萬丈紅霓的纖纖詩詞，
爭相歌頌吟詠關於大目降的，
翩翩山明水秀。

陳舊的故事太零碎了，
斷斷續續起草的篇章，
或許終會走入點點浪潮間，
或許最美的聲音就在比海深的頻率裡，
或許不被銘記刻骨的漣漪，
如那荷蘭古渠道沙啞的光影，
如那老樹盤根不見天日的年輪，

而不見天日的年輪吶喊著，
在那虎頭埤散佚的段落啊，
關於大目降虎與水橋鯨豚的故事，
還有多少惦念的字體能夠明晰。

或許不被記起的記憶，
回憶的字裡行間才不被褪去，
彷彿當喧嘩的聲響漸漸微弱，
太陽星星及月亮同時倒影於湖畔中，
我們便得以在最深的闃夜眼見，
靜伏於相思林的大目降虎正等待著，
等待泅游於泛月上的鯨豚。

四、 親愛的，虎頭埤

親愛的，虎頭埤，
你是不是天堂遺下的雲朵，
以情人橋為引信，
當落日倒影開始言語，
療癒撫慰的音律便隨即彈起。

親愛的，虎頭埤，
萬丈紅霓是不是你逗留的足印，
拾掇銀河落九天的光影，
摘取涵碧的粼粼波光，
特意向桂花巷囑咐，
當夫妻樹的枝椏開始擂鼓，
那便是南方獨有的表情，
泛月形狀的笑意。

雨後的大目降啊，如錦鱗躍梭花，
片雲出岫，倒印嵐光，
垂彩飛泉淡妝濃抹總相宜，
我便在這名為山林之地的孤嶼，
坐釣蒼翠湛藍的螺痕，
讓凝鍊的詩語得以嘉眖新化的臉龐，
關於親愛的，虎頭埤。

五、 虎頭埤水上舞臺

我正在想像，
在大目降想像，
想像一場穿越的舞臺，
以詩為名，南方為姓，
隨著虹影飛泉的意象，
花巷八角亭相思林的骨架，
嵐光倒影泛月的燈光，
搭建關於虎頭埤的魔幻劇場。

我正在想像，
想像鵝媽媽要出嫁指向，
楊逵拿著鋤頭在曲橋慢跑，
伴著葉陶跑過夫妻樹，
跑過阿勃勒跑過獨木舟，
跑過小日月潭跑過西施虎溪，
跑過孤嶼閘口跑過春光關不住，
那英姿煥發的體能肌力，
猶似深沉的和平宣言裡，
壓不扁的玫瑰花戲謔嘶吼的隱喻。

我正在想像，
想像歐威黃煌基站在水上舞臺，
牽著達卡浪與莎韻，
時而飲用虎月調配的咖啡，
時而跑向百年猢猻樹下鬥蟋蟀，
時而又在盪搖的吊橋間，
回憶蚵女養鴨人家的戲目，
聽著聽著青山碧血留下的淚滴，
爾後慢慢地慢慢地回到舞臺，
愣莫地看著遠方想像的光影，遠方卻傳來，
王爺公無保庇害死蘇阿志的諺語。

六、 讀虎頭埤之書

多少繁花凜凜盛綻，
多少英姿颯爽的長浪，
多少過客多少癡情傷悲，
多少驚動天地的王侯將相，
終要隨著岑寥的餘暉泛月，
隨著瓊橋下的孤帆遠影，
以離合圓缺的筆墨凝視，
那幅醉過多少回的遺碑。

如那醉過幾回的遺埤，
古渠道、虎頭埤、靖國鳥居，
多少遊子多少騷人雅客，
多少狂傲多少陰晴盈虧，
終要隨著落日與花謝，
隨著枝葉小橋流水，
於須臾一瞬的壯闊日月，
寫下一書殘缺的章節。

多少章節多少筆，
不忍的是人間拉扯的糾結，
以紛飛斷弦的誓約告解，
多少泉瀑百轉千迴，
而又有多少幾行的書寫，
願於虎埤泛月及倒影，
於消逝褪色的段落間，
勾勒滾滾滴淚所擁抱的，
靜好恢弘的歲月。

45　也是，花店

點盞浪漫的花藝
盛亮的舟印
終究是候著，等著
蓁蓁翠綠的等候

喧嘩安靜了
涼涼葉柄動身
穿起冕珥的環飾
聆聽朦朧間的蝶翼
慢慢攀上植栽書寫
也是花店的辭彙

致彼時青春的天空
芯香純粹的柔毛
欲向滯塵的花卉朗沃
皇皇光合所根固的珠露

點盞凋零的葉落
於翠綠盛綻的曠野中
此生終有位少年
那朵花蕊，無滅

46　南國囡仔回來了—記午后的臺南政大書城

久違了，南國
徜徉流淌的辭彙
慢慢走進熟悉的城鄉
府城、古都，關於臺南的名姓
此刻我多想喊出老朋友
只是住於眼裡的敍事
隨著沉默的標點符號閱讀
時而出現燦爛的段落
時而又寫著，散佚的文墨

南國囡仔，回來了
老少年想起彼時的翱翔
南國囡仔回來回家了
慢慢靠近滄桑的起承轉合
歲稔倉廩未完的構詞
而政大書城的封面揮揮手
寧靜的字語像翻閱著
每篇春夏秋冬的臟器中
落筆擦肩而過後又轉頭的
荏苒故事的相擁

47　艸祭

天空不小心掉下來
化為艸祭的光影
慢慢走進倘佯的胸膛
彷佛上帝的書房
以闃夜來點起燈亮
而天空住下來了
慢慢翻閱藏書的錦繡
時間則像見到誰在說話
是雲朵的床頭，海浪的耳窩
恍若天使收翅的思維
慢慢以翻頁的言語作枕
於滄桑處鐫刻出笑容的睡眠
點點鄉愁的心臟

48　南國 A-line 電臺 98.7

如果我忘了就眠
誰在這裡
音辭拉胚的迴憶

如果寂寞太剽悍
你在哪裡
荏苒入耳的奔語

如果誰漸漸走遠
我在這裡
碎葉滴下的嗓韻

如果你只剩光影
有人在這裡
南國 A-line 電臺 98.7

49　結晶南市圖

步入圖書館的眸波
彷彿衣著日陽的鳳凰木
慢慢於翠青的光影
書寫心跳的追憶
如南國沸騰的名姓
古都雲霧的墨跡

是泥壤芽穎的話語
鯨豚掀浪的字筆
跟著飽滿的敍事
慢慢在辭彙的海洋
閱讀森木的香氣
若府城篤志蔓延的情句

爾後我躺在冊本的肩軀
隨同風聲濡染地翻閱
慢慢於篇頁的沃底
意象鄉愁暖烙的措辭
似南風島嶼的體裁
鑿敲繆斯翱翔的屋宇

50　關廟大潭埤

那是喧嘩所流放的詞彙
洋海慢慢入岸的海葉

寧靜你是關廟的菩提
讓斑駁為春神撐傘
以蒼翠的眼眸
狂草的措辭鐫刻
歲月三生石的曲調
山巒塑雕的跫音

願濤濤洶湧都安靜了
閃電的光影也沉默
隨著泥舟的翅翼
鯨豚的形狀
藏守大潭埤的肉身
複瓣的段落

或許人間百鍊千錘的魂魄
不過是島嶼搖櫓的淚眼

51　南化微風山谷

孤狼移境
黑禽成群飛
如殘露與閃電

穿著孤獨走入
孤獨烙印的穴位
南化微風山谷
孤狼的名姓叫燦爛
宿命毋需再提
沉默地前進

言語安靜了
天空是翰墨的血漬
身痕是子丑寅卯
孤狼僅須綿密的孤獨
單騎入陣的魂魄

此生浸於浴血路途
任由殘破的風草來包紮
寡戰裹起婆娑的夜塗
彩虹不再是倚靠
以滾濤的溫柔
欲向碎裂的晚夜
拾起月牙眼的刀劍

孤獨終不會結束
貝葉似的孤火
依憑召喚的黑爪
願再次於潛伏間暴烈
血紅琥珀的島嶼
千年彼岸的皇皇回音

52　楠西映雪

燈火你的名姓是夜晚
穿著岑寂的月光
指向光影疊翠的居所
皇皇鑲金的歸途

飛行你的肉身是風雨
穿著逆向的敍事
指向離散的字裡行間
濤濤發芽的語彙

燈火你的飛行是天空
穿著夜晚的螢火蟲
指向風雨婆娑的千山萬水
波光粼粼的嶺梅映雪

53 龍崎虎形山

我坐在虎形山想像
波濤的龍船皇皇近靠

舟渡何以言語
貝葉，枝椏，複瓣
岑寂慢慢地回音
於記憶的胴體
殊異珠露及閃電

躍境的分秒恍惚了
泥花踐履的川河
彷彿光影站在萬水千山
聆聽婆娑的原鄉
燦爛的惡地

敍事的翰墨成星子
依憑荏苒的召喚
讓荒漠的居所停下來
步伐行踏的曲調
慢慢長成島嶼的磚瓦
菩提岳立的肉身

歲月已走遠了
或許在剎那的轉身
隨著佇留的符碼，守候的靈思
於缺席的拋物線
泥岩裡的樹屋
鐫印密綿的抑揚頓挫

54　花蓮港你是太平洋的眼眸

容許我將你比喻為夏天回頭的
海涼，翡翠色的一方手帕—楊牧，〈帶你回花蓮〉

回家吧，洄瀾的聲波
以點點潮汐的抑揚頓挫，浚渫疏通的風景
慢慢接駁穿著湛藍的鄉愁
湛藍體裁的鄉愁，船舶的形狀
執意停於迴旋波瀾與奔騰溪流的交會
告訴錨地那面始終剔透的等候
我回來了，深邃的奇萊鼻燈塔看著
名為花蓮港言語的水手，鯨豚的魂魄
回到湛藍與翠綠書寫的家鄉了

進港的詞彙終是充斥驚嘆號的詞性
奇萊的海人、洄瀾的船士、花蓮的孩子
站往闃夜裡花蓮港的棧埠傾訴著
有些默契的字裡行間毋須衛星通訊
彷彿歸返的繁星不再迷惘
滾滾炙熱的脈絡擁抱澎湃的吞吐量
以浩瀚的扉頁、蔚藍的情節、巍峨的韻腳
近近遠遠地眺望指引著
那道山崗縱谷用盡一生所烙印的
誓言返航入岸的命定

此刻我卻在花蓮港前猶豫了
以斑駁的猶豫節拍躺在防波塊上的碎浪
是否再怎麼精細的經緯方位，透描的氣象
擱淺於高山的敍事、海洋的想像、天空的隱喻
港灣的激濤始終是道繆斯未竟的詩句
那是美崙溪遺落的淚滴嗎，比海深的辯題
河道順沿太平洋裝卸的起承轉合
執意操收夜航篇幅的錦繡，以呼喊的月光為示
憑隨錨泊汩汩地落筆，靜靜安安地聆聽
眼前輪機所潑灑的風浪流速
彷彿初生的海獸盪起翺翔的純粹
雲色焰火晶瑩的皇皇透彩

設若剖開花蓮港保持航行的胸膛
似有六十石山金針花海的輪廓
以翩翩潮浪的段落勾擘
如原住民族虔誠信仰的輪軸
船舶乘風破浪的心跳
而廣袤深闊的纜樁已慢慢地駛向
湛藍復返的淚滴，港口聯繫的心臟
欲對著頑辯的澎拜洶湧，以天際的戰甲
領著繆斯般的詩語淺淺地揮旗
縈迴衝擊裡長長短短所企盼的歸情
彷彿坐於潮汐漫漫求索的舟渡
欲深深地向原塑的滾浪詠嘆出
舊名洄瀾港記憶裡不曾枯萎的潮貝瓊玉

能否讓雅潤洗鍊的中央山脈
為站在風雨碼頭中的水兵，回鄉的浪子
再次撐起護守盛綻的纜椿波堤嗎
爾后斑爛的呼吸繪映著
鳶飛魚躍的相遇，恍若久違的駐居
樹立堅韌裁剪的臂膀，以眾神渾然的韜略
重新翻閱滄桑海圖所光影的
鷹揚船帆的浩氣胸襟，忠貞的噸位

或許海以山為家，山以海為鄉
而花蓮港已安安靜靜著，安靜地泅入
洄瀾海魂的聲波，奇萊潮靈的回應
回來回家錨泊的故事，那是自然而然的語法
好比迴旋波瀾的艙面，始終以棧埠纜椿作為尾生誓約
一生懸命地候等著穿光燦舷翼的紋路
太平洋之子彈奏的格律，層層潮溪不曾衰褪的文跡
所以蒼茫渺渺的餘暉你看見了嗎
那裡便是太陽所嚮往的原鄉
花蓮港啊，你已是太平洋曙光的眼眸
戀人絮語般遨遊的時光

55　側記漁光島弦願

日子暗了，暗又了
手裡菸用灰燼言語著
啤酒罐鏗然地響

那鯨豚上岸想像
在南國亮了敞亮著
彷彿行陸的海舟拎起
潮浪刻岩的名姓
於昏藹后的終夜走著
走吧，走下去
日子會亮的—或許吧
撐開錨錠的胸膛會有
鯨豚般的心跳迎來明火
或許吧底我上岸了嗎

灰燼皇皇鏗鏘地奔跑
手裡的啤酒若似眼前的海
日子暗了，卻是亮著
然後再暗了接著亮了又暗著

56　虎尾厝沙龍

蒼翠的巷弄開啟舊檔
虎尾厝沙龍的體裁走來
以和洋式的版面註解
依憑黑白的辭彙翻閱
全文的字數未完

57　天空向雲朵說你是愛人的肋骨

當仰盼的殘翼，顛簸負載的歲月
無法再承諾重傷的淚滴，婆娑的猙獰
默許的抑揚頓挫僅會慢慢停駐於
翩翩翱翔婆娑的長卷間靜待著
千頃萬濤的回想，璀璨的澎湃洶湧

荏苒的珠淚慢慢披起深霧的體裁
毫無錨碇的雲紋可吟誦回覆或辯題
飛舞的字裡行間卻仍義無反顧地
奮不顧身地往殘骸鎔裁的餘溫中覓尋
磊磊航行所構詞無寂無滅的敍事
彷彿萬籟俱寂的段落才是彩虹的言語

或許頹喪悽愴命定的篇章終要翻頁
隨復返的波光粼粼再次拎起振翮的辭彙
以搏擊長空的格律書寫久違的銀光
那幅年少時所凌雲御風的夢火
恍若迢遞無期的歸途只剩風沙款款地落筆
無盡的飄泊終究無法擦拭，彼時赤苗的宇宙

歸航，毋須潺潺喧嘩來磨墨
再次穿上湛藍藻翰的少年
憑依雲霧的色澤，波光粼粼的氣魄
欲向百轉千迴的隱喻註解
模糊不清徒留的悲歡離合，滂沱的滄桑餘暉
哀哀寂寞的足跡已無法強橫地勾勒
煙波浩渺眼眸裡的，燦耀濡沫的天空

58 南方二則

一、 恆春臉書

瑯嶠如鯨豚的聲律
我站在半島向你私訊
星斗下未竟的言語

蒼翠的遺址仍不願更新
古城牽起鷹鷲的光影
瓊麻盛綻於落山風的隱喻

赧然的風鈴依憑潮汐言語著
親愛的，你是我在南夜的詩句

二、 Masalu

親愛的。
能否讓恆春的光影
南國棲守的名姓
為島城恬靜地拂撥
白噪音聲律的舊曲
親愛的，我仍記得
你說闃夜裡的雲海
恍似鷹鷲的凝眸；
親愛的，我們到底
已被荏苒默讀為
留白的語音

59　那片葉露是歸返的眼眸

親愛的，那澄碧的少年言語
我依舊站在這裡，以露滴的果核
承掬風雨裡巍峨的燈明
等你，如你想回來了
就以滄桑的青春，翠綠的歲月
回來慢慢地牽起復返的足跡
慢慢地牽起始終坐在角落候等的
不曾離開的少年，容光煥發的敍事
恍若鬢髮微笑的年歲滾滾錦繡著
彼時荷香甘露似的溫馴

親愛的，你仍住在我眼眸的天空
以斑斕的意象書寫靜候的執著
彷彿闃夜揮引的星群，襯映的繁星熠熠
始終不曾被時光的面具，積雨枯萎的赤苗
以紛亂龐雜的迷霧所朦朧
以坐困愁城錨錠的迷惘鑿敲著

親愛的，候等的形狀，時間的體裁
恍如海上絕續的舟帆，棧埠的經緯方位
以萬仞峭壁的座標聆聽歸岸的耳窩
復返的篇幅猶似這片草原的砂礫
盛綻的情采章句慢慢掬取荏苒的芬芳
爾後仰望這片天空的雲翼，彩虹的肋骨
拾起巍峨的濡沫欲向歸來的少年喧嘩
以少年的企盼綿密地鐫刻烙印
原來，年少始終是站在這裡
千絲萬縷瑰麗地呼喊著，傲立奔騰的名姓

親愛的，你知道嗎，那天空的字裡行間
隨開往回憶的船隻，記憶浩瀚的藍圖
已深淺地歸返到寬袒所拂吹的鄉愁
彷彿萬水千丘般的詞彙，波光粼粼的情節
依憑盡隨賦別的段落入眠，晶瑩剔透的夢境
此刻只剩少年的沉默與歸來的年少
相視流囀萬籟俱寂的步履，斑駁滄桑的熟悉
默契地勾勒翠綠與噴泉書寫的繆斯之語

60　原來那句井仔腳是篇恬靜的道別

晚安—已遠行的潮印
潺波是圈沒說完的言語
順沿闃夜為紙，墨蘭作筆
嶙峋河溪的點撥
應允沉默拎起的字名
別離從未的母音

晚安：那誤謬的光影
我是否還要等下去
或許等待是年輪的棲息
荏苒續延的底蒂
彷彿鹽約薈萃的向望
以帆岩間的寸鱗
生淤泥舟虔誠的喻題

晚安。讓晚安高歌啞韻
恍若鹽音婆娑著幾種字體
憑依貝葉耳殼的凝眸
汰練枝椏暴穎的字裡行間
鯨豚恬靜道別的口信

61　島南水交社有感

或許戍守的蒼穹
無法再護佑滄桑的光影
應允的信仰沉默了
沉默於漫漫迷惘的段落
以滾滾沉默的淚滴
身披毫無邏輯的邏輯
依隨顛沛的命題
翻閱風沙裡的堅定
堅定義無反顧地向那幅
早已停止飛行的敍事敬禮
或許沒有答案的飛行
百轉千迴的情緒
僅剩模糊不清的餘溫
以沉默的墨跡欲來
款款覓尋深霧裡的言語
繆斯般的哀哀隱喻

62 雷虎 814

天雲像有話要說
我抽著菸直直等著
從清晨等到晚夜響起
突然有隻飛鳥走過
懂了。慢慢地寫下懂了

天空的翻湧有多遠
到底是菸抽著我還是我抽菸
昏黃的指尖撿起鬢髮
剎那間有架機翼走過
子宮的印記再怎麼斑駁
血燙的靈魂依舊彷彿盛夏

天戀。或許話語恍若雲朵
空空的卻滿滿的偵察
突然手裡菸滴下了火蒂
苗燼深淺畫出白馬的繁夢
婆娑披著塵煙直上雲霄的年輪
欲為島嶼荏苒的底心
勾勒朦朧沙啞的子丑寅卯

63　七股鹽燈

等你歸返
如負傷的海獸
以地鹽為墨
川濤成篇
琢磨潺潺停泊
渡岸的玥舟

我等，返歸
以鹽約應允
磊磊未竟的言説
荏苒的心口
憑依道別拂撥著
舊陳的棲守

是誰始終在這
遠方似殼狀的寸火
漫隨鹽花調諧
年少錦繡的夜晝
那幅潮瓦所盛綻的
白鹿的凝眸

64　東帝士百貨

那是我家
他只是睡著了

東帝士的名姓啊
你走入愛人的蜃景
溫暖的風飛沙

還有誰願意回憶
活靈靈的溫蒂漢堡在幾樓
嬉皮的卡帶隨身聽是在幾樓
頑皮的手扒雞會在幾樓
記憶終非喧嘩呼喊的塵埃
光影的足跡言語著守護的心房

想要回家了
還有誰想回家了
幽靈船、溜冰場、火鳳凰
靜美秋葉眼裡的夏之花

65　我在南鐵東移

南國的孩子，南國
你為什麼能明白
眼淚是從心跳流下
如遠岸的潮汐
靜靜靜靜地聆聽
那幅橋下未竟的言語

南國的孩子啊，你好嗎你
如何才能明白，黑夜再
怎麼深長也無願徵收白天
太陽望向星星或月亮
月亮牽起星星指著太陽

時時時時代，終入砍伐的掌紋
依憑鳳凰花，離別的年輪
斑斕這遍面具所胚芽的天堂
不會有在或不在了，南國孩子

66　臺南空軍基地

如雲層的耳朵
靜靜地聆聽
濤濤飛行的足跡
南城的年輪
翱翔翩翩的劇本

南城的年輪
恍若滲露的清晨
靜靜地沐浴
臺南空軍基地
湛藍複沓的大門

靜靜地沉默靜靜地
靜靜地親吻天空
是雷虎的名姓
是翱翔的太陽方舟
關於南城的空軍基地

67　美麗島之子／南國夢獸—見新營曬書店

有些故事因擦肩而過
索性於風沙中立起
滄桑相逢的灯火
緣分的情波

你是該走進
關於曬書店的稱謂
拎著咖啡香的寓意徜徉
光和熱醞釀的輪廓
婆娑的情節

妳是走進來了
如久違的鄉愁翻閱
屋宇隱喻的辭彙
恍若手裡的蓮花茶尋尋
點點盛綻的沉醉

他終會慢慢划過斑駁
她則靜靜勾勒木質香裡
那幅翠綠與海洋所書寫的
南國構冊的情有獨鍾
荏苒盛綻的扉頁

68　哈赫拿爾．南山—以護守南山桶盤淺之墓為名

能否先按下靜音，

為彼此聆聽吐納的頻率，

靜靜地，靜靜地呼吸，

哈赫拿爾森林，未竟的光影，

鐵刀木、竹溪水、百年之地，

隨著彎月形狀的年輪，

螢火蟲翱翔的隱喻，

慢慢在眾聲喧嘩的情緒間，

播種蒼翠的意象，

守護留存的字字句句。

守護你是回憶依靠的記憶，
慎終追遠朗讀的聲音，
依憑龍脈款款書寫的命定，
英靈忠義永垂的呼喚，
呼喚墓光之城昶亮的點點滴滴，
南山桶盤淺嘉眠的名姓，
以「蓬萊美島真可愛祖先基業在」的應允，
應允守護島嶼深深深的足跡，
關於永恆不朽鐫刻的印記，
彷彿人間四月傳承延續的沁許。

或許在最蒼茫的闃夜裡，
懷念才能覓尋到繁茂純粹的旋律，
此刻我站在南山公墓前，
撫惜曾振暘母根的釋義，
重道崇文一峯亭呢喃的底蒂，
王受祿同在的以馬內利，
跟著堅忍、篤定、矢志不渝的言語，
言語這座桶盤淺之墓微渺的企盼，
那是我們南方族人的棲地，
是我們家國熠熠盛綻的靈魂啊。

「讚美的神！我謙虛順服，獻身於祢」，
能否讓雷鳴般的遷移語彙按下暫停，
沙啞的飛螢，水交社擱淺的機翼，
牽著搖搖欲墜的參天巨木，
太沉重了，守護的韻腳太難下筆，
如果有天敘事的歷史想要回家，
那也要有回家能夠走讀的路標啊；
失根的孤島，斷裂的篇頁，
燦爛枯萎的芬多精。

喃喃吃貨

1 南國小當家

一、 肉粿

肉粿有沒有碎肉
那都不重要了
蒜泥加滿
辣椒豆瓣醬加滿
小魚乾加滿
香菜加滿
煎魚腸加滿
北派南派公道派
那都不重要了
我彷彿看到
泰戈爾站在煎臺
為太陽流淚

二、 烏白切

煙腸在相拍
豬腸豬管菊花肉
腰尺軟骨大腸頭
我的杏仁核
像進入失語症了
癡傻的特級小當家

三、 當歸鴨

叉燒飯是什麼
佛跳牆又該是誰
我只想在這當歸鴨的溝渠
綻放光芒的當歸鴨腿
揮灑熱血的當歸鴨腿
美美地靜靜地仰望
鴨母寮戀人未滿的星空

四、 棺材板

黑人抬棺
赤崁棺材板
給我吐司濃湯火腿豬
我便能舉起
沙卡里巴康樂市場
濃稠的蹦迪梗

五、 蝦仁飯

我蝦故我在
你以蝦吻我
我為你唱首超蝦
生存或毀滅
那都不是問題了
絢爛的蝦花
靜美的蝦夜

六、 薑糖番茄

追夢人
新鴛鴦蝴蝶夢
大約在冬季
我難過
鼓聲若響
無所謂
你好可以給我
薑末醬油糖番茄嗎
對你愛不完

七、 火城麵

神兵火急如律令
九母魚酥小法鼓
溫柔的九母魚酥
開鼓敲鑼搖巴鈴
拜請灣裡火城麵醬淋來
日陽雲朵降臨來
神兵火急如律令
灣裡火城麵金魚酥

八、 無名麵

麵要多多就多多
豬皮要煮爛
咖哩魚丸要撒尿
豬血要稀巴爛
大腸不能洗乾淨
詩句般的什錦麵雜菜麵
盯著歡歡怒怒的吃漢
一字曰心

九、 鼎邊趖

十殿閻羅坐下了
耶和華媽祖王爺拿起碗
阿婆的米漿皮宣判
黃金針黑木耳青蚵仔該跪入
閻王企盼的地獄湯羹
強大的力量要出來了
悠游的棉紙之水

十、 米糕

是不願衰老的味蕾
破曉的節奏慢慢地
慢慢入近不願入眠的月光
拒絕分分秒秒的月光
拎起體內巍峨的睪固酮
奔騰地撫摸撫摸著
那幅日陽如魚鬆
肉燥糯米飯為春泥
充斥古早味搖滾的米糕
站在四神湯說唱的
大大小小軟硬鹹甜的米糕

十一、豬心冬粉

親愛的豬心冬粉
你高傲你宅心仁厚
你是天堂的地藏菩薩
豬心冬粉親愛的
我提著擔仔麵魯肉飯和白糖粿
而你贈于麻油腰子和翅湯
豬心冬粉你悄悄地來
悄悄是我吟唱的
濕潤的笙蕭沉默的睛蟲
沉默是今夜的
豬心冬粉人間四月

2　修安扁擔豆花

雨後無聲
落於番薯色的扁擔
恍似閃爍的星辰
於闃夜中舀出
名為南國的清透
純粹的鑲金

那是修安扁擔豆花
執著的夢土
以巍峨的甘露
慢慢地從市巷走出
欲為眼前這片鄉愁
淋上寒熱綿密的溫柔
如雲霧似的感受

霎那間我沉默著
心甘情願地沉默著
僅剩舌尖的跳動
隨著沿街飄香想像
天空慢慢地跌落於碗中

3　臺灣番薯丸

「你很瘦
來包地瓜球吧」—臺灣番薯丸

黑夜走來
有人依舊站著
以揉團、起火及定型
隨著油炸構詞的肩軀
彷佛灯明的修辭
慢慢於墨跡般的迷茫
勾勒盛綻的番薯丸
金黃色的鄉愁

風沙迎來
有人始終站著
以溫升、入色及脆酥
如咀嚼職工的隱喻
契闊泥壤肥沃的命題
欲讓貧瘠不再孤寂
跟隨彈牙的心跳
發芽出地瓜球的字語
若糕餅似的美麗

有人終來來去去
猶若滄桑翻閱的文字
而有人像是黑夜也如風沙
只是有個人，拎起依舊提著始終
以擺動、旋轉及覆壓
習慣佇於眼前溫馴的油鍋
虔敬鐫刻南國的星球
情波似的格律
臺灣番薯丸的輪廓

4　臺南四百年精釀啤酒

如果說巴黎是法國的頭
香檳是法國的靈魂
那麼勃艮地便是他的胃—法國俗諺

神話琢磨的曙光
靈魂的曙光流囀的曙光
曙光蓊鬱的隱喻
彼岸的曙光冉冉於城市的胃裡
鏗鏘、翻騰、喧嘩、呢喃

少女、詩人、南方之酒
此刻孤單是美麗的
美麗的痛楚，美麗錚鏦的迷惘
美麗所朗讀的春風十里

南方的酒、南方的水滴啊
你彷彿花浪躺在舌尖
躺在王城的舌尖上
瓊漿玉液的尾韻，海洋般的味蕾
或許美麗的沙啞美麗的吟哦
吟哦滴下的徐徐眼淚
終究是甜甜甜的的辭彙

沙啞的花火牽著荒野的盛焰
微醺微微地，微微地躺向
生命之水的肋骨
緩緩地謬斯平靜洶湧的波濤
荏苒磅礴的浮游

把思念都裝進瓶子吧
闃暗的曙光，萬水千秋的曙光
我彷彿坐在潮汐的沙灘
聆聽麥芽色海洋的筆跡
彼幅珍釀的色澤，純粹的沉醉
抑揚頓挫勾勒的甘露

5　自強街浪子—見木溪，舊來發，堯平布朗尼

有些戰語未遠去
隨塵岸的應允
漣漪時代殘落的光影
以舟葉的筆墨
入坐紛駁的心口
水尾街的濤濤潮汐

潮汐終究未遠去
大銃街的海性
揚帆烏鬼井的波光粼粼
隨荏苒的泥花
拂撥傲魂的屋宇
自強街沙啞的點滴

自強街拎起了安靜
白龍庵的禱詞
以舊來發餅炙烈的足印
木溪司康餅的年輪
複彈堯平布朗尼的棲息
浪子歸返的海韻

6　雲彩的味蕾—見新北東協廚房

是我的家　或如潮浪薈萃的名姓
鐫刻的追憶卻像繁星的凝眸
隨冉冉召喚的平溪天燈
以天空為稿紙，闃夜磨墨
欲向遠方所濡染的牽掛訴説
夢囈該為家鄉銘刻如何的味覺

以皇皇母土的曲調，著穿異鄉的詞彙
僅需一張圓桌的段落，幾張椅子的情節
候等一盤接一盤菜餚的輪廓
猶似一家人一起食飲米糧的筆畫
一起坐在日常的簷脊下言語
依憑荏苒的尾韻咀嚼何謂
點點滴滴的光影，飽滿敍事的色澤
於岑寂的角落盛亮婆娑的盛夏
眼見美麗島女力綿密的臂膀
巍峨牽起福爾摩沙關於的東協廚房

若東協廚房的章句僅是一紙翻閱的意象
火候疊翠的鍋碗瓢盆卻深淺地鑿敲著
遠方離散的愛人啊，親愛的
你有收到殊異繪製的新北大橋嗎
如思念的臍帶，多汁的綢緞，炙烈的鮮嫩
以雲朵的椰漿飯、舞舌的緬甸魚蝦及泰式青木瓜
慢慢地向渡海飄洋的扉頁侍墨廚藝
亦如印尼沙嗲的辛甜爽口，耿耿鄉愁的味蕾
措辭虹彩耶誕樹錦繡的子丑寅卯
晶瑩剔透熟成調配的濤濤肉身

7　森永牛奶糖

親愛的先不要說話
跟著沉默的節奏
就跟著羞答答的眼眸
靜悄悄地言語著
不管你做了幾件衣服
我最終還是喜歡
默默地最喜歡
你那經典咬字的包裝
你那時代不敗修辭的五官
黃黃的，奶奶的，甜甜的
甜甜的，奶奶的，黃黃的
最原汁原味，最潮的
最潮的，最原汁原味
「你好，可以付帳了嗎」

8　南國月滿軒尼斯

夕陽來了
然後是黑夜
月下、南方、王城
一個人一杯酒一座城
陳年曲調的浪濤

一個人一杯酒一座城
是誰喝下誰的寂寞
月下、南方、王城
伊告訴我掬起吟遊的烈酒
純飲不加婆娑的冰塊
人間兩三行的言語
多少抑揚頓挫多少別離的旋律

黑夜今天怎會來得特別早
黎明終將遲到了
月下、南方、王城

迤邐的彩霞停得太久
瓊漿玉液呢喃著
鏗鏘的焰陽都失色了
有多久、我已有多久
沒向喧譁的雲朵乾一杯
一個人一杯酒一座城

乾杯。嘉昵的街燈亮起來
月光已迫不及待
隨著珍釀的點滴
喚醒生命之水的味蕾
月下南方王城

我該向誰舉起一飲而盡
一個人、一杯酒、一座城
溫馴的海洋，柔和的尾韻
沙啞平仄的光影

9 臺南素料光合箱子

讓洋海入缽，葉落琢磨
那幅靜渡的光合箱子

自然地推開門窗
未知所翱翔的緯度
二氧化碳突然向我低頭
光合作用奔赴而來
猶若湛藍睜開了日陽
為天空輪廓百萬般的徜徉

塵囂怎麼安靜了
以森林的隱喻，潮汐的植披
輕攏慢撚的濤濤雲波
慢慢於企盼的感官光合
鄉野裡無邪湧動的赤子

10　鹹酥雞小法詩

拜請拜請鹹酥雞，王爺佛祖觀世音
玲瓏鑼鼓請小法，鹹酥雞內鹹酥神
魷魚香腸鹹豬肉，豆腐米血甜不辣
雞排香菇高麗菜，鴨血蝦捲雞翅仔
雞心米腸炸斑鳩，一百兩百閣五百
臺灣頭到臺灣尾，友愛老牌吃味鮮
拜請拜請鹹酥雞，城隍菩薩鹹酥神
蔥仔蒜頭胡椒粉，大辣小辣九層塔
玲瓏鑼鼓請小法，鹹酥雞神暗暝來
一百兩百閣五百，六百七百閣九百
國民小吃專拜請，少爺小姐攏過來
拜請拜請鹹酥雞，鹹酥雞神降臨來
拜請鹹酥眾神明，鹹酥雞神降臨來
鹹門弟子專拜請，鹹酥雞神降臨來
神兵火急如律令神兵火急如律令

11　南國純舞廳

新手上路
多多關照
江湖十八招

那是遙遠的故事了
東方蠟塞婦深
沙卡里巴大蟾蜍
不動明王的隱喻
莫忘，初衷

我長大了
哥哥姐姐長大了
亦靜亦暴
冷風奔跑經典不敗
全村的希望

萬象古都
安平豆干厝
天上人間
鍾愛一生的精品會館啊
夜露死苦請給指教

專業純粹亦如往昔
恍若闃夜的詩人
握者溫柔技術
冰火西洋劇

12　水交社臺灣包—仿擬徐小鳳《叉燒包》

臺灣包
誰愛吃剛出籠的
臺灣包
誰愛吃剛出籠的
臺灣包
還有那水煎包呀
韭菜包呀
蔥大餅
芝麻包
應有盡有

南國包
假使你說你不愛吃
南國包
還有各式各樣的
黑包包
讓我來告訴你有
花捲饅頭
眷村包呀
燒餅油條
涼皮涼麵呀

水交社
你到底愛吃那一樣
你到底愛吃那一樣
那一樣
臺灣包呀
南國包呀
臺灣包呀
南國包呀

眷村包
有的人他們愛吃南國包
有的人他們愛吃眷村包
水交社呀到底愛吃
臺灣包呀南國包
南國包呀眷村包呀
我最愛吃是黑包包

13　關於 Macallan 陳年醞釀的南方四則

1.

讓沉默入喉
徐風輕伴
手裡的烈酒懂我
溫馴的餘火
莫問歸期
月光流啊流

我還是適合終夜
果香突然走來
藏隱的麥芽書寫著
依憑想像言語
誰的故事，誰的酒
馥郁的感官慢慢地走入
走入煙燻發酵的眼眸
柑橘的味蕾也慢慢地
盛綻花穗蒸餾的色澤
陳年的歲月靜好

關於曙光，繆斯的辭彙
磨碎的足印盤旋著
盤旋於迷惘的眼神，企盼的舌尖
紛飛的生命水啊
糖化般的良人冬暖

2.

你浸泡的醇潤
就讓夜晚的唇齒
向芬芳的喉間發芽
馥郁錚鏦的草原
陳年焦糖甜

彷彿從窯火活了過來
琥珀色的時光
依憑閃爍的歲月溶出
光影飽滿的點滴
關於烈酒蒸餾的名姓
水桃梨似的圓潤
那是紅霞層次的呢喃啊
雲朵珍釀發酵的味蕾

時代索性停下來了
甘露迴盪的鱗片
慢慢靠近橡木的眼眸
慢慢於嗅聞的縷霧
慢慢襯出雅緻的天涯
萬馬奔騰的淬鍊足跡
肉豆蔻旋律的沉香

3.

彷彿諸神走向黃昏
舉著歲月的杯盞
向迎來的終夜
致上孩提時那股
眾生相奔跑的純粹

我聽見時光的足印了
珍釀的底蘊暖暖地
從觥籌走向鄰近的觥籌
彷彿遺忘都停止了
開始學著鍛鑄思念的臉龐
深邃醇厚的圓潤

凝視。微醺。品酩
夜日或破曉已不再重要
點點滴滴帶著記憶的忖度
走進回憶的橡木桶
你已有多久沒敬這場
破涕為笑的，別來無恙

4.

磨碎的時間太吵了
渾然天成遂拎起層次
向醇厚的橡木言語
給那蒸餾的甘露，原酒高濃度
我要在尾韻的餘暮裡
畫出迷惘發酵的彩虹

浸泡的夕陽看著我
我想像著冰杯裡的殘影
想像單一麥芽的軀幹
站在珍釀的舌尖
如何凝視宇宙的嗅覺
太妃糖色澤的喉香

糖化的夜晚忡忡來到
初日仍舊太遠
琥珀色的暈霞卻早已
早已揹起歲月的草原
冉冉隨著浸盈走進馥郁的味蕾
刻劃飽滿棲息的滄桑
聆聽釉韻般圓潤的拋荒

14　我叫國安街，不是國華街

各位鄉親父老兄弟姊妹大家好
我是你們安南區的南國囡仔
現在，南國囡仔要為你們唱這首
我叫國安街，不是國華街

我叫國安街，不是國華街
安南區的國安街，要不要跟我念一遍
我說國安街，不是國華街
跟我一起念，國安街國安街國安街
國安街真的不用 google 揣
鹽水溪橋衝過去，海佃路給他走下去
國安街就在你眼前，古早味就一直催一直催一直催

那裡有廣東粥地瓜球和鴨肉羹
還有我最喜翻的牛肉麵
還有還有紅燒魠魠魚焿
頭家，一碗魠魠魚焿閣炸魚塊
國安街到底有什麼要不要念一遍
湯包飯糰抓餅黑糖珍珠配鹹肉粿

臭豆腐米糕碗粿肉絲飯配烏咖啡
炸雞魯味拉麵蝦仁飯配虱目魚糜
Hello 大邱，大邱辣年糕你好調皮
讓心臟燃燒吧刺激的國安街
挺起胸膛活下去吧國安街炎柱
我再說一次叫我國安街，國安街
作伙來，螺旋丸，神羅天征

我最後再說一次國安街不是國華街
民有菜市仔叔叔在說有沒有再聽
刷一牌愛心刷一牌愛心再刷一牌愛心
我召喚你回來重生吧國安街
安南區的國安街，要不要跟我念一遍
我說國安街，不是國華街
跟我一起念，國安街國安街國安街
國安街，咱的兄弟，安南區的維士比，國安街

15　新市白蓮霧

透早天罩霧
烏鶖騎水牛
順續揎茄荎
後宅撿蓮霧—新市

撥開新市的胸膛
順延鹽水溪的血管
依憑烏鶖的呼喊
水牛慢條斯理的聲響
拎起茄荎袋的色彩
點綴新市的心跳
雲朵般的夢想
白蓮霧的光芒

16　我站在鷲嶺食肆外

問詩句是誰打造
我的屁股坐到有點熱了
出去居酒屋抽根菸
鷲嶺指向看不見的聲影
天空原來那麼低
眼前那朵碎雲好冷

這世界的詩句在等誰
我又走進居酒屋
點杯名為日陽的萬籟俱寂
黃黃的濤浪黃黃的模糊
別輸給荒謬的翻譯了
穿著濁流的乾淨

你是陌異醉巡的詩句
暗暗的居酒屋窄窄的椅
直火串烤突然後空翻
一夜干跟著耍花槍
我坐在不想說話的食肆口
慢慢地言語鶩僊閣夢囈

17　臺南臺鋼獵鷹

不要以為這街邊小吃
烈鋼似的氣魄
是否已聽見島南緩緩舀起
國度之鷹的呼鳴

魚湯，米粥，香菜多一點
寶礦力般的滋潤
為我高唱凱旋的曲調吧
南方糖之精靈

得分，不過是場
米糕配四神湯的節奏
絲滑的鱔魚意麵
而你該憂慮的是
蝦仁飯及蚵仔煎的防守
棺材板濃密的奧義

比賽，從未結束
永恒終會明晰
黑白切當歸鴨才是我的三分球
南國臺鋼獵鷹

18 我在飲冰室抱起左岸見純喫茶約團咖啡廣場

一、 左岸

當我驕傲地抬頭
當我抱著左岸的呢喃
所有浪漫必會沉默
你不必歡喜，更無須訝異
願意幫我付錢嗎

二、 純喫茶

悄悄你來了
悄悄你怎又走了
悄悄我是笙蕭我是夏蟲啊
悄悄今晚是綠茶加四神湯再勾芡
悄悄冰心自賞的天地小了

三、 飲冰室茶集

你曾說再靠過來
這杯茶就會下雪
我站在擺飾的綠葉
等待指點的秋天
等待秋天時
手中這杯無糖去冰
冷冷地苦苦地
以前都甜甜地

四、 咖啡廣場

咖啡廣場參戰確認
給我娉婷的愁城
巍峨芮生的螢火
我便能舉起秋水裡的光影
超鬼神力來迎聖臨

19　阿川古早味粉圓冰

噢，言語

別怪我借用了沉重的字眼—在一顆小星星底下，辛波絲卡

一閃一閃亮晶晶
一山一山小星星
一匙一匙古早心
一碗一碗粉圓冰
阿川古早味粉圓冰

粉粉粉圓冰
白白粉圓冰
一閃一山一碗
一匙阿川古早味粉圓冰
多像一首詩句

「你是要不要吃
再不吃等下
你的亮晶晶小星星
會變得傷心心又生氣氣」

20　家鄉八寶冰

回到南城那一天，
時序已經入冬，
然而太陽依舊耀眼。—〈熱蘭遮〉，賴香吟

讓垂雲淺淺低吟
以眼前的樂土為缽
斑斕振翮的字體
依憑時光瀲豔的鱗片
萬水千丘的隱喻
如舞動的繫舟
翰墨落地的種籽
雲霄般的沁許
冉冉於荏苒的味蕾
書寫剔透的辭句
洪惟洶湧澎拜的尾韻
家鄉八寶冰的名姓

21　島嶼的味蕾—如詩的梁社漢排骨

一、　關於夜晚裡的梁社漢

再多繁複蜿蜒的故事，
就讓碗中所兜攏的食材，
慢慢隨著共鳴的曲音，
慢慢地從跳動的料理中，
慢慢訴說日常暖暖的尾韻，
飽滿多汁的香氣。

走過風風雨雨的篇章，
大江南北的段落，
有人，拎著鄉愁的記憶，
站在那幅夜晚裡的招牌前，
以晨曦殷紅的餐廚鍋具，
慢慢地向島嶼的舌尖，
鐫刻出關於梁社漢的名姓。

或許這生所拚搏的章節，
僅僅是在抑揚頓挫的回憶中，
留下一次純粹剔透的微笑，
亦如那鏗鏘厚實酥脆溫潤的膳食，
始終銘記著味蕾最企盼的質地。

二、 梁社漢排骨之雲霧長卷

有些言語無須振臂疾呼，
安安靜靜地走過，
如那蒼翠翩然的秋葵，
甘美溫潤的味噌湯，
隨著飽滿厚實的韻腳，
風味深遂的意象，
緩緩地在浩渺煙波的光影，
以日常備膳的工法，
慢慢地在飲食的篇章，
輪廓梁社漢的長卷，
食材料理的歷史長河，
雲霧白潑灑的背景。

三、 炙烈的梁社漢紅糟肉飯

梁社漢紅糟肉飯，
不再只是一碗餐食，
如炙烈的瑰寶，
隨著波浪狀的飯粒，
抑揚頓挫的風味，
編織錦繡紮實的膳料，
鏗鏘透苗的紋路。

關於梁社漢紅糟肉飯，
那彷彿是一碗火紅的餐食，
味美醇香的韻腳，
隨著汁美肉鮮的輪廓，
慢慢於企盼的味蕾，
咀嚼出陶然深遂的尾韻，
晨曦般的色香味。

四、 相聚的黃金豆腐

於餐食的相聚，
以晶瑩剔透的圖像，
陶然的隱喻，
日陽似的色澤，
綿密的張力，
隨著錦繡的指紋，
透苗的意象，
悠然翩翩的風味，
慢慢於溫潤的質地，
雕刻出黃金豆腐的輪廓，
恍如藍天白雲的想像，
潺潺地彈唱舌尖的細胞，
樂活濤濤的尾韻。

五、 晨曦般的椒鹽雞塊飯

那彷彿是冬日裡，
散遍溫暖質地的晨陽，
梁社漢椒鹽雞塊飯。

我看著椒鹽雞塊飯，
有種詩詞純粹的灑脱，
散文深邃的質性，
小説勾勒的想像力，
名為梁社漢駐留的光影。

是梁社漢椒鹽雞塊飯的召喚，
以酥脆多汁的外衣，
隨著浪花的飯粒，
如巍峨的激濤，
慢慢於複沓的味蕾間，
隱喻出色香味飽滿的篇章。

22　土豪獅啤酒　Ft. K BEER 金門精釀

你好，金門，可以給我點節奏嗎
不要問我為什麼，也不要問我是誰
舞曲轉到火爆重低音的古寧頭
就是這節奏，播音牆大喊著自由
就是這自由，再幫我混音心經大悲咒
嗡嘛呢叭咪吽，嗡嘛呢叭咪吽
莒光樓坑道書院古城老聚落
要不要來杯快樂悲傷的土豪獅啤酒

就是這節奏，就是這自由
嗡嘛呢叭咪吽，嗡嘛呢叭咪吽
金門的嘻哈，金門的說唱，屬於戰士的溫柔
戴上浮誇的金項鏈，露出蹦迪的金獅牙
讓我們站在料羅灣滿滿的大平臺
大喊金門，左邊的金門，右邊的金門
沒人理你沒關係，一起喝到吐，大口喝好喝滿
不要問我為什麼，也不要問我誰是誰
就再來一杯人民法槌的土豪獅啤酒

嗡嘛呢叭咪吽，嗡嘛呢叭咪吽
我是誰我在哪裡是誰帶我來
我喝醉了嗎我怎麼還能說話還要再喝嗎
再給我節奏，我要自由，混音的心經大悲咒
左邊的金門，右邊的金門，你們敢不敢玩
麵線油條燒餅炒泡麵一起加入的
一條根芋頭交尾的土豪獅貢糖啤酒
嗡嘛呢叭咪吽，嗡嘛呢叭咪吽
金門心經大悲咒，繞舌的土豪獅啤酒

23　無名豆花

鄉愁鼓浪
豆花勺的形狀
手搖鈴搖著
回憶歸返
歸返荏苒的街巷
無名的燈光

無名，豆花的屋宇
思念垂青
隨著四溢的言語
回來吧，流浪的孩子
回到我們最初的原鄉
那幅純粹的年華

不再只是一碗豆花
手攤車沿街叫賣，回家了
是雲霧出來接迎
慢慢滑入碗裡的黑糖水
如闃夜與白晝
以紅豆、珍珠及鬆脆的花生
於綿密的字裡行間
清透地呼喊
斑斕的富貴慈祥

24　閱謝國文擔子麵

麥黃米白粉條新，
竹擔燈籠喚賣人。
沽客夜長眠不得，
酸鹹妙味說津津。—擔子麵，謝國文

走進南方的夜晚失眠
時代飢腸轆轆地
聆聽分秒分秒慢慢地
點燈停泊的攤位，
有些食略不小心睡著了
那是南國的味蕾
掖種的夢土言語著
我站在晚夜天卻不黑，
指引的米白麥黃
點滴點滴的燈籠隨著
月娘的皇皇笑容
讓攤位的竹擔答答地
端起度小月的名姓，傲陽的形狀；
我突然坐在叫賣沿街的清晨

只是南國的韻腳入眠了
而鹽津感的海風只剩下巷弄
沙啞的五條港舌尖啊

25　四問麥當勞

一、

麥當勞你好
我要兌換肯德基
溫蒂漢堡開了嗎
德州小騎士還在不在

二、

他說麥當勞的薯條好吃
她說肯德基的雞好吃
我說一起放入火鍋煮
黑糖珍珠薯條雞奶茶

三、

麥當當你要乖乖
你來，一起來吃雞
很濃，可大可小看溫度
麥當勞，抽我抽我

四、

我靜靜地看著麥當勞
拿起薯條沾過冰炫風吃
竟還可以整包倒入冰摩卡
我靜靜地看著那幸福的微笑

26　透南風咖啡

説你是我的咖啡豆
透光的藺草茄芷袋拎著段落
農漁村索性穿起烘焙滾動

農漁村、烘焙、滾動
於風雨中盛出，不曾入眠的等候
等候，總適合站在角落
慢慢縫織關於南方的天空
縫織、南方、天空
慢慢手工藝，眼前烏魚子狀的手沖生豆

親愛的，你聽見了嗎，或許沉默名為喧譁
夜晚的指尖始終於吧檯前研磨著
以虹吸的修辭、以蒸氣的吟唱、以熱源的意象
恍若古典樂的節奏凝視朝暮的色澤
深淺走入透光的杯緣，拉出白晝似的花火
接續灑入璀璨的敍事然後聆聽入喉言語
彼時那幅飽實的美好
如雲星般的眼眸

如雲星般的眼眸

若情長紙短的皇皇韻柔

充滿野性卻又溫馴的，透南風

27　桑原商店

這次我離開你
是風，是雨，是夜晚
你笑了笑，我擺一擺手
一條寂寞的路便展向兩頭了—鄭愁予

年糕霜淇淋炸甜甜
這次我不再離開了
桑原商店的名姓

沒有風沒有雨
夜晚的氣場太喧盛了
純粹的像素走來
懷舊沒加色，復古沒曝光
我是否該穿著
專屬南國的和服與木屐

忘了歷史也忘了國族
有人笑著哭著，哭著笑著
我則拍著拍沾染亮度的塵灰

你好，能麻煩在甜點的兩頭
隨著停在門口的光影
加添名為寂寞的尾韻嗎

28　自然熟蔬食

靜靜地老巷
要帶錢

承租自然熟
要有錢

自然熟的食材
要給錢

自然熟吃得如何
要付錢

小確幸之前
要賺錢

自然熟啊
我那生冷的錢包
該怎麼自然熟

29　吳萬春酸甘甜

讓晨曦般的沉粉
依隨古法薈萃的淨香
島南追遠的苗火
靜心凝神眼前
吳萬春百拜的指尖
祈福護佑的錦繡
慢慢溫潤繚繞
以蜜餞甜的醇韻
虔敬泉州彼岸的蒼穹
府城漫遊的智果
如踏浪渡港的光影
身披傳承的點點滴滴
武廟盛綻的味蕾
深淺地擺撥靈魂裡
金黃戍守的雲水長流
蜜餞沉香的春波

30　老張告訴迷克夏叫麵聚場到水交社集合了

我只是飛累了
停在水交社
先不要為我造冊
是否可以幫我送杯
迷客夏的奶茶
如這府城的色調

我只是休息著
停在水交社
看看馭風起飛
聽聽相聲的故事
先別幫我報導
是否能到麵聚場
點份紅蔥手作拌麵
如這南方純粹的力道

我什麼都不知道了
或許遺忘才是記憶的年輪
現在是誰停在水交社
影片、園區、眷舍
重要抑或應該不重要
老張啊，從 F-5E 戰機下來
帶著五月蓮來串門吧

31　雲朵的孩子—見白糖粿食攤有感

異鄉的遊子啊！如果你們想家了
抬頭仰望風聲允諾的方向
我依舊站在這裡，赭紅的攤位會
為你再次端上，溫柔又強悍傾訴著
思念的味蕾、奔騰的香味、濃稠的純粹
恍若初晨鮮活的露滴，慢慢滌淨滄桑疲憊
猶若渾然天成的餘生於凜冽中點亮
暖和的閃爍，螺旋似的燈球

那像天空遺落的食料
彷彿雲朵的尾韻，走進舌尖的味蕾
拎起糯米的名姓，溫柔的火候
欲向念舊的油鍋言語雪花的企盼
接續聆聽滄桑的掌紋，入神的指尖
任隨麻花狀的飛行，於風雨的日子
奔騰飄逸的霜雪更於情感的流瀉
絕續金黃的烟霞，后為純粹光透的彩虹
裹上木棉花似的甘甜，燦爛的繁華

或許有些記憶的肩骨漸漸穿起衰老
慢慢地披上遺忘的風沙，跟著落淚的追憶跟著
雲朵飛走，豔陽遠飛，迎來朦朧
彷彿海市蜃樓的昶景靠岸眼前的堡壘
看似荒蕪的曠野卻隨火燙的血液芽穎出
枯萎是什麼不懂得，櫻花色的野玫瑰亦如
韌命的胸膛站在風雨擎起偏執的輝映
關於白糖粿灌溉的巷弄，赤子心的金雪花

32　軒記臺灣肉乾王

泰式檸檬辣豬肉乾

人生如果是一塊檸檬
你便是那片豬肉

我願意帶你去泰國
交換彼此的
性別

南國炎詩擂臺

1　我站在臺南房價讀夏宇

老的時候
下酒一夏宇，甜蜜的復仇

把你的房子加點廢墟
都更起來
徵收

迫遷的時候
轉賣

2　太陽城，開機了

親愛的，Masalu，這次你愣默地撐傘
或許就像萬年溪盛綻翱翔的眼眸

大武山款款地按下暫停鍵
靜音的字裡行間吶喊著
喧嘩的霧臺，枯竭岑寂的潮州
萬丹長治棲守的獅子吼

那是斜張橋嘉睨的樂譜嗎
以琉球遠距的意象，解困的平仄
巍峨校正枋山隱喻的明火
天保九如返歸陰性輝映的節奏

3 鹽水月牙灣

一個人只要學會了回憶
就再不會孤獨一卡謬

我是在等蜂炮
訊號待響
大龜肉便牽起
月津港回到
名為大龜肉的
鯨豚之國

4　王城正興街

雨停了，正興
晴天露出眼睛，正興
小小的，大大的，正興

闔上手機，正興
巷弄裡伸懶腰，正興
矮房、老宅、公寓、鐵馬，正興
怎麼正興街的身軀，正興
原來是那麼豐腴，正興

正興街是雨季或晴天，正興
紅刺桐、鳳凰花、行道樹，正興
我沉默地來來回回，正興
會説話的房子，正興
蜷尾家，正興

正興街還需要説話嗎
特有種，正興

5　説解

愛，海也
拙渡「廣韻切」
…象一心一受
潮壑編羅著
一水一艸
屆而盛喚，母聲
毛浪謂：入海
探愛；育後
凡海之屬
皆从愛
嘯遙

6　臺北，你壞壞

臺北你壞壞
高冷其實不壞壞
說句秘密應允的笑話
平庸傳到垃圾郵件
我就被說壞掉了

壞掉了也好
我走到紅樓，壞壞
又跑進壞壞的和平公園
說秘密的自由廣場
像你這樣的壞壞
可以去問月亮公車
月亮是在雲岸壞掉了
天黑誰要來開眼

開始上演吧，壞壞
震籠的青鳥再說一遍
秘密的心跳是機械
壞壞的世界不必當真
水牛的光影，壞壞
薄霧荏苒荒花的儀式
虔誠浮光的譖語
心靈鴉湯那晶瑩的壞壞

臺北，說你就壞吧
焦距越短我越壞
不管秘密有多抑鬱
奔跑吧，壞壞
功德無量好壞壞
人間失格在大聲什麼
壞壞其實不壞壞
越醉越清醒的碎陽

血清間怎會沒癌塊
華山點起壞掉的沉香
壞壞要聽秘密的話
異鄉人追逐密室脫逃
依憑多汁的筆味
豢養佳餚軟爛的辭器
社子島又被誰說壞掉了

都給我全部壞掉
只有秘密才做選擇
占卜完的壞壞說
錦繡哲學的貓，壞壞
妙算神機的犬隻，壞壞
疲憊薈萃的市民大道
是不是已經沒那麼壞了

臺北，我真壞嗎
還有些晚禱沒催情素
秘密大空襲，壞壞
活出秘密的簷脊要壞壞
秘密盛開更是壞壞
河堤下面壞壞
口是心非的秘密
你就不要想起秘密來

秘密還有多少胴體
我在咖啡廳便秘
原來壞壞是必要的
與眾神環環相扣的壞壞
聽過山嵐怎麼嚎叫嗎
魔間入廟的泥角
淡淡渡舟的壞壞粼粼

算了，壞了就壞了
毋知壞壞隱喻是什麼
也不想點撥什麼是壞壞
但如果你壞掉了
臺北可以給你罐罐
請到秘密冊店填表單
記得說我有壞壞的文法

臺北突然不壞壞了
穿起攝魂的獸足，不壞壞
戴上虹彩的禽翼也不壞壞
壞壞的是那揹著鹽絮的鄉愁
大稻埕臭豆腐錯了嗎
假牙是金剛不壞的溫柔
反串擎舉隱滅的燭眸
壞壞與不壞壞誰壞

壞壞，自始就不壞壞
緊握扶手，壞壞
憋尿站穩踏階，壞壞
以善妖的呼吸支援壞壞
我是壞壞但不壞壞
賭徒寸火的壞壞
懷擁爆炸的不壞壞

其實仍嗜好壞壞
隨執迷不悟的秘密
兜攏飆汗臂膀的壞壞
有道箬篷狀的鯨豚，蜜蜜
泅入巢瓦謐謐，壞壞地尋覓
比秘密還要赤命的巴別塔
我是不是不壞壞了
壞壞看著臺北說壞壞

7　入佛指尖

百鍊的波紋終穿著偈土
虛妄不過瓊漿玉液的翰墨
眾生相衣缽，無身無語
以婆娑的雲霧為無上快刀
以寒暑星雲雷鑼為音
隨影月松濤為泥濘上妝
於漫漫光河裁剪遺缺的心造
於複瓣的法齋奏彈荏苒
斑駁鐫琢的善果依舊炎涼肅穆
亦如曠野孵化的拙火雕雪
藏奉頌缽裡的萬水千丘
漣漪板響，呢喃素顏，鳥香花語
或許薪蟬翎毛及蟲魚的淡薄
早為眼塵裡的故夢
尺幅出未竟的顯生宙
尾後謹行百花譜的佛號
渾厚混凝菩提風

8　府前路你調皮了

臺南你怎變了，府前下大道壞壞
布幣，臺灣銀行的布幣
是誰把花磚的皺紋倒反了
你變壞了嗎，還是，神的旨意
臺南，你變太壞了，我得想辦法壓壓驚

你好，一碗叻沙屋軟殼蟹紅
太可怖了，太恐駭了，壓壓驚
難道這是神的旨意
為何感到恍惚焦躁溫馨地性憤

眼前馬公廟葉家燒烤還沒開
延平郡王讓我想到泡妞專家的羅百吉
臺南你壞壞，信仰不能亂玩
語畢，雅量涕泗滂沱

不行，我還是坐立不安
你好，山記魚仔店，來碗壓壓驚
你好，巧苓紅茶，來杯壓壓驚
你好，進福炒鱔魚，來盤壓壓驚
不行不行我還是心神不寧

轉了圈東門圓環，你也壞了嗎
復興市場壞壞地向我揮手
要不要來杯酸辣湯口味的菊花茶
媽媽的味道人間極品
難道，還是，或許是神的旨意

再次回到臺灣銀行的布幣前
祂嚴肅又清廉又正直地告訴我
你去前方寫著好人的檨仔林
對莉莉水果福記肉圓司法博物館説
我要超大桶的生檨仔，將生檨仔還我
如果沒人理你，你可大喊氣圓斬克林臺包
爾後再到油行尾福德爺傾訴
你好，請問下水道福安坑溪忍者龜在嗎

9　守書人

黑夜走來
有人依舊站著
構詞的肩軀
彷彿灯火的修辭
慢慢於墨跡般的迷茫
勾勒出意象的玫瑰
金黃的書頁

風沙迎來
有人始終站著
拮抗的隱喻
猶若泥壤的命題
要讓貧瘠不再孤寂
跟隨水圳的心跳
發芽出戀風草的字語
若糕餅似的美麗

有人來來去去

滄桑翻閱的文字

有人像是黑夜也如風沙

只是有個人，拎著依舊提起始終

習慣佇立為每本漂流

鐫刻餘生的鄉愁，情波的格律

守書者的輪廓

10　安南海佃路小法詩

敬請眾神來安南，雲遊鯤島海佃聲
臺江海佃響叮噹，哆啦 A 夢小叮噹
善男信女行橋前，萬般神通接官亭
橋過號做海佃路，海佃不是海安路
跤踏溪墘守南國，文賢海佃直直撞
文賢有間 Costco，海佃開光展威風
海佃好料小法鼓，代天飲食上蓋強
鴨肉飯丸祭腹肚，土豆豬腳予咱爽
安南信徒摸紅中，頭前有間來鵝肉
善男信女專拜請，臺江海佃降臨來
臺江安南專拜請，海佃千歲降臨來
神兵火急如律令神兵火急如律令

11 南國理髮廳

我本良善
疾如風徐如林
一生懸命
已是風雨天命

地牛是否顫抖著
當我走出來
街頭夾腳拖預告
推門，踏步，慢動作
眼前的陽光
為何侵略如火

我摸著摸摸摸
煞氣外露的電棒頭
頂上的這片天空
限乘辣妹
全島希望莫忘初衷

12　玉井噍吧哖

余清芳害死王爺公
王爺公無保庇
害死蘇阿志
蘇阿志無仁義
害死鄭阿利—臺南俗諺

有人死在這
王爺死在這
忠孝仁義死在這
仁義禮智信死在這
然後噍吧哖便開出了
豔陽般的玉井花

13　溪北溪南大武花

大大武花大武花
灣裡南工鹽行與仁和
小北成功新永華
永大復華夜市仔
南方不是只有大武花

大大武花大武花
同安國宅聖母土城仔
還有那安南區
鹽水溪橋安南區
拉起月亮的樺谷夜市仔

大大武花大武花
島南不是只有大武花
走過中州寮朝皇宮與本淵寮
月亮指著溪北夜市仔
那裡不是大大武花大武花

溪北溪南夜市仔
大大武花大武花
漚汪學甲義民街
新化善化六甲果毅後
這裡不是大大武花大武花

不要再大武花了
大大武花大武花
白河小腳腿仁德太子廟
還有中下營直加弄保安宮
指著夜裡的夜市仔
與月亮回家的夜市仔

14　打開生命的窗

那半開的窗，如企盼的水滴，奔跑的波紋
隨著暮鼓晨鐘的澈悟，播種茂芽的啟喻
慢慢聆聽潮汐旋舞於礁岩的真理
當聖徒的心魂以靈明為居所
凡將滄桑斑駁的泉源聚斂而起
愁苦劬勞的肩軀必見，凝望的共鳴必得
湛藍海洋歌詠的詩文，光燦永恆祈禱的福音
那幅生命所推開窗的，純美及苦難共行的言語

那半開的風景，若恢弘的高崗，謳歌的年輪
憑依百鍊千錘的鼓鈸，播種歡呼的格律
深淺地琢磨聖主腳下的鳥獸蟲鳴
彷彿結果的森樹與樂土巍峨於流溪間
以恩典的油膏、固堅的巖石、繆斯的辭句
向顛沛流離的塵沙生發茁壯繁茂的米糧
願榮耀的寸草歸回曠野，讓憐恤的慈愛從高處讚美
亦如踴躍的公羊扶攜跳舞的羊羔
並行推開不舍晝夜裡，剔透晶瑩的引導
窗外那幅永不朽壞枯萎的遍地禾苗

眼前的窗景仍半開著，生命的窗受主應允
猶似盾牌四面護衛的力量，活水飽足的意象
淺吟剎那間浩瀚的蒼穹，諸天牧養的花蕊，播種的音弦
就讓虔誠的禱告信實地走到祂的面前
豐收的莊稼必得、亙古的萬邦必得、智慧的院宇必得
迷惘乾渴的心田不再於煙波浩淼裡失喪
默默無聲地專等候神，以典章律法按誓而行
生命之窗的權柄被誰打開了，蒙主悅納的釋義

15　雷虎 814

天雲像有話要說
我抽著菸直直等著
從清晨等到晚夜響起
突然有隻飛鳥走過
懂了。慢慢地寫下懂了

天空的翻湧有多遠
到底是菸抽著我還是我抽菸
昏黃的指尖撿起白髮
突然有架機翼走過
子宮的印記再怎麼斑駁
血燙的靈魂依舊彷彿盛夏

天戀。有些話語恍若雲朵
空空的卻滿滿的偵察
突然手裡菸滴下了火蒂
苗燼慢慢畫出白馬的形狀
披著塵煙直上雲霄，
欲為島嶼的底心
勾勒朦朧沙啞的痕跡

16　南國之行板

散步之必要
溜狗之必要
薄荷茶之必要—如歌的行板，瘂弦

不知道要怎麼說
快要不知道如何言語
到底該怎麼該怎麼
或許些許沒出口的話
僅須沉默來賞析

我是該站在臺江口了
抑或匍匐於鹽分地
還是斜臥於曾文溪
細數鹽水溪折衝左鎮
惦念漚汪溪遙望月世界

或許什麼都不必要了
必要就會必要了

葫蘆巷夜祭必要嗎

風車詩社必要吧

浮泛於黃金海岸的巴洛克老街走向必要

七鯤鯓必不必要

鳳凰木或大王蓮是誰必要

一碗擔仔麵和紹興酒很必要

倒風內海牽著鹽田兒女該如何必要

無米樂已沒必要了

那個誰誰誰可以

可以給我杯東山咖啡

我要配調我家的白蓮霧

我家的白蓮霧啊

那個誰誰誰可以幫忙說聲

歲歲安康仁德安定

只因我這歸人，不在家裡

17　北門哭哭

長太息以掩涕兮
哀民生之多艱—離騷

就幾個字
水晶教堂：沒門
井仔腳：回去市區的北門吧
烏腳病：

18　大內・高手

或許在凸凹荊棘
坎坷的層巒疊嶂間
原來近似的雲朵
經過多年以後才知道彼此
才願意知道彼此
如同內庄與石仔瀨
大內兩兄弟

19　如果你問我臺南

鯤鯓臺江黃金海，像極了愛情
鹽分地帶算不算南區，像極了愛情
歐威黃煌基，像極了愛情
蚵嗲白糖粿蕃薯椪下午茶，像極了愛情
萬年殿的火城麵，像極了愛情
直加弄西拉雅大道，像極了愛情
南科迎曦湖沒有臺積電
海線和市內的二王爺，像極了愛情
舊沙卡里巴沒火燒，像極了愛情
六甲八田與一，像極了愛情
官田阿扁與阿珍，像極了愛情
臺南市長沒有施治明，像極了愛情
麻荳十八層地獄，像極了愛情
慶安慈濟金唐代天土城香香的，像極了愛情
西拉雅正名通過，像極了愛情
十鼓奇美總爺，像極了愛情
菁寮天主堂，像極了愛情
西門路四大鬼滅看過嗎，像極了愛情
臨安路聖誕老公公誰還記得，像極了愛情

文賢路大猩猩誰還記得，像極了愛情
六福村火車頭誰還記得，像極了愛情
咖啡芒果醋，像極了愛情
如果鹽水沒有了蜂炮，像極了愛情
林百貨還不錯但我只認九層樓仔，像極了愛情
你來土城我帶你去悟智樂園，像極了愛情
來下營看鵝媽媽要出嫁，像極了愛情
新營人瞪著府城人，像極了愛情
關廟都說關廟了你還來，像極了愛情
紅瓦厝塗庫庄聽過嗎，像極了愛情
看水鹿到永康你信嗎，像極了愛情
化石竹蓆微風山谷，像極了愛情
我有錢了只是南門庭院倒了
九份子的房價跌下來了，像極了愛情
山上牛墟水火同源，像極了愛情
謁祖遶境燒王船，像極了愛情
聽過牛埔泥岩的四句聯了嗎，像極了愛情
安平大井頭關帝港，像極了愛情
南瀛和市內人沒有合併，像極了愛情
海安路不是海佃路，像極了愛情
國安街不是國華街，像極了愛情

曾文溪不是鹽水溪，像極了愛情
高仿的接官亭，像極了愛情
花甲牽著俗女，像極了愛情
斯卡羅很現代詩，像極了愛情
美麗島美麗的烏腳病，像極了愛情
北門七子比較紅的是吳新榮，像極了愛情
風車詩社會不會是網紅，像極了愛情

20 白河白白白

白水溪白白白
白色的南國白河白白白
白色的店仔口白白白
白色的歷史白白白
白色的美酒喝完白白白
白色的美酒白色的水溪
瞬間的陶醉白白白
永恆族的水源白白白

21　帝族官田

率土之濱

莫非王臣—小雅

上天下地全國制霸

王田風林火山

菱角鳥鍾愛一生

煞氣之地南國武魂

官田，全村希望縣道王者

普天之下，限乘帝族

22 南國登山・小法

拜請眾神來保佑，敬天奉地來爬山

白河嘉義大凍山，關仔嶺咧雞籠山

虎頭埤咧虎頭山，碧雲火泉枕頭山

曾文水庫崁頭山，南化烏山金光山

新化林場西拉雅，桃花心木向天果

關廟龍崎虎形山，南國爬山來作伴

攀路爬山若人生，腳踏實地步步行

千戶萬家來爬山，身體康健免驚惶

拜請眾神來保佑，青翠開脾求恩賜

散步健行專拜請，山神賜福降臨來

弟子誠心專拜請，山神賜福降臨來

神兵火急如律令

23　在金門的臺南人

都過了幾年了
你們好嗎

那些地方
海安路神農街
西門路藍晒圖
赤崁樓關帝港
水仙宮國華街
南門路孔廟
中山路旭峯號
東區桑原商店
不要問我，我都不去
既然都不去我怎麼會知道
猶若我不認識你
但我知道你

都過了幾年了
你們好嗎

如果回來臺南
我會帶過去
橋南老街
牛稠子車站
漚汪香雨書院
樹谷迎曦湖
歐威電影館
南化微風山谷
六甲落雨松
臺江十六寮
不要問我為什麼
你和你們有聽過
金門式的南國文青嗎

24　我開著 X-Trail 翠兒

入夜，徐風，微涼
智慧鑰匙發出了聲響
X-Trail 的名姓
握著星辰色的方向盤
或許隨著漫無目的
我才能找到青春的模樣

轉動，低速，吹風
世界不過是冰熱的節拍
隨音響裡挪威的森林
讓我將你心兒摘下的嗓音
或許莫問歸期地駕駛
我才能見到少時的人間四月

月光，安靜，翠兒
此刻我聽著浪子心聲
彷彿孤城裡的獨角獸
X-Trail 的馬力引擎
輕輕於口是心非的城市
覓尋自我的靈魂皇冠

25　鯤鯓安平

渡臺悲歌的安平
彼岸的安平
安平郡的安平
林默娘的安平
金十字的安平
在漁光島的安平
觀夕平臺的安平
亞果遊艇的安平
沒有安平

26 根

我走進妳的春天
快樂的小鳥

妳的夏天我抱著
搖晃的冰塊

秋天突然看著我們
小孩長大了

然後冬天慢慢衝過來
夏天牽著春天
向秋天說聲再見了

27　左鎮噶瑪噶居寺

噶瑪噶噶瑪噶噶瑪噶
噶瑪噶噶瑪噶噶瑪噶噶瑪噶
噶瑪噶噶瑪噶
噶噶噶噶噶噶噶噶
瑪噶瑪噶瑪噶瑪噶瑪噶
噶瑪噶噶瑪噶噶瑪噶

噶瑪噶居寺善哉宣
奉南承運
詩人詔曰

八田與一仁波切
官田水扁帝君
左鎮觀音地藏王
關廟鳳梨大帝
歸仁釋迦如來
伏見宮貞愛親王
陳三五娘天妃
南瀛舍利塔

烏腳病大天尊
大魚祝福小法太子
藍晒圖元帥
虱目魚土地公
風車詩社大聖者

眾貴妃娘娘接旨
噶瑪噶瑪噶瑪噶瑪噶瑪
噶瑪噶噶瑪噶噶瑪噶噶瑪噶
噶噶噶噶噶噶噶噶

28 跳投・微積分・詩人

音樂是一種隱藏的算術練習，
透過聽者的心靈跟數字在打交道。—萊布尼茲

是後衛前鋒與中鋒的字名
各自走入數詞的盤列
拿起序數的概念
欲往籃框風華絕代的單位
反覆運思求解的隱喻

默契若為真，則勝負必為真
團隊合作戍守的連續量
就是要高舉錦旗的最大公因數
彷彿騰躍灌籃係為命中率
得分錚錚的邏輯

籃球有時如詭異的敍事
卻同時是純粹的表徵字語
進攻與防守的類集
或許各自擁有彼此的基準單位量

只是防守比例的強度
有時站在解題的定義篇幅
異常扮演著切入，搶分、快攻的倍數

眼前的計時器終究未走入倦怠
公式活動仍要繼續
彷彿算術規則站在球場的冊頁
隨著加減運著球
計算搶分的拋物線
而乘除卡位，保護籃板球
直至等號書寫出勝負的定數
投籃的指尖方得劃出歇息的比值

所以防守抑或進攻的允諾
總該有數值來擔當分子和分母
畢竟勝利文法的弧度
不能是模糊的概數，猶若不變的
乘法交換律始終看著聽著
那幅籃球，數學，詩的等比例圖

29　楠西魷魚遊戲

桃李不言

下自成蹊

一二三木頭人

楠梓仙溪西趕走茄拔社

一二三木頭人

西拉雅大戰高山族

一二三木頭人

香蕉山鹿陶洋曾文溪可以躲

一二三木頭人

噍吧哖抗日大屠殺開始

一二三木頭人

楊桃梅子棗子芒果龍眼好好吃

30　龍崎空山祭

龍崎沒有龍
關廟沒有廟
官田還有人在種田
左鎮不在左
楠西很難吸嗎

七股超過七個人
將軍裡面沒將軍
麻豆裡面沒麻豆
北門還算北
仁德有仁德
歸仁變歸人

六甲有超過六甲
新市新化很舊
新營也很舊
佳里不是我家裡
後壁該怎麼說

南化沒有很難畫
善化也沒比較會說話
蝴蝶蘭裡面沒蝴蝶
鳳凰樹也沒鳳凰
學甲學不起來了

我靜靜站在三洞八高地
想著想像著
白堊泥岩的空山祭
龍崎會不會有龍

31 你來南，我很臺

你如果來
我帶你去

你來，我帶
臺南，不含糖
美食那幾樣
古蹟不要看了
慢活快沒
早餐不吃牛

你如果來
粽類潤餅米血豬血
不要問我，我覺得都好吃
滷肉飯肉燥飯爌肉飯
我不吃因為我怕
你點餐，我不在
因為光看到就會吐
是真的嘔吐的那種

我再帶你去
公園路黑輪攤
蚵嗲蕃薯椪白糖粿下午茶
虱目魚湯一三五吃
土魠魚羹二四六
米粿肉粿天天吃
陽春麵周末吃
肉圓看心情
早餐不吃牛

我帶你去
你如果來
下次說聯絡真的會聯絡
海產一牛車是必備
紅桌板上任你吃
紅露紹興要不要
經典咖啡色啤酒不能忘

你如果來
我帶你去
我臺南，不含糖
你如果來
甜度會加滿

32　漚汪，你又調皮了

彼年，無晴
道別既已失格
羞喊結晶的鹽巴
翱翔啊海獸

鹽，寶貝也
翩翩欲滴的說解
从鹵，監聲
隨鼎沸的嬌波
沿緊連切
蛋狀的鹽巴
躍跳多汁的韻腳
與儼舍道別

鹽兮古呻吟者
夙夜激濤的靈魂
凡荏苒的勃晨皆从鹽
或許該道別了
鹹潤盛喘的雲岫

33　壞掉的宇宙與善良的角落

《搖搖晃晃的人間》
《以詩之名》
《也無風雨也無晴》

《我知道籠中鳥為何歌唱》
《人間不湮不漫》
《傾聽沈默的聲音》

《有信仰的人》
《別忘了，許願池也吃金幣》
《十方一念》
《波光裡的夢影》

《南十字星下的約定》
《希望的鐘聲響起》
《島嶼奏鳴曲》
《我和我豢養的宇宙》
《走入春雨》

《人就這麼一輩子》
《沒有時刻的月臺》
《可能的花蜜》
《落葉歸根》

34 安定不安定

新港蕭壠目加溜灣麻豆社
疫情期間請勿連結

學甲蕭壠西港麻豆土城香
環保期間請勿燃燒

大觀音亭大天后宮武廟重慶寺四月老
單身期間請勿重複參拜

大大武花大武花
都更期間請勿前往

安定，直加弄
直直弄直直弄

35　學甲丁等

學書不成學劍不成學如不及
學淺才疏邯鄲學步不學無術
困而不學末學膚受獨學寡聞
困而不學用非所學無才無學
詮才末學，甲上

36　你在寫詩，我在大便

一、臨詩讓我腦殘無藥醫，繁星皓月卻視之為王室

二、即便虐我百遍千遍，意象的指尖卻待此如盛綻的潮露

三、來自繆斯沉默的詩句，這首天籟我僅能看著看著

四、蠻橫強狠地撥開胸膛，你看見的心跳名為詩句

五、這首你丟扔的詩句是我躍跳的阿基里斯腱

六、詩句你是宇宙寫給天地的偏義複詞

七、將詩句捲成菸紙，讓想像點燃成渡佛的蓮花

八、所有凝望沉思濃情憂鬱皆為詩句未竟的別名

九、那天，我在身分證的職業欄寫上詩人

十、詩句不曾說過話，一看就是個有故事的篇章

十一、 詩句你是一首充滿女人的力量

十二、 寫詩的人啊，你該用聆聽來書寫

十三、 詩人和寫詩的人始終不曾對過眼

十四、 用盡一生所愛的，不過是兩三頁兩三個字

十五、 詩句啊，或許你只能是傷城裡躲在角落的哀兵

十六、 那座幻真的通天巴別塔，是你用詩句留下的淚滴

十七、 閱讀詩的人是潮，寫詩的人是浪，詩句是一篇無岸的江

十八、 經典是你的配色，頂配是你的天賦，關於穿越旅人的詩句

37　si jîn lí bú siánn siâu

詩，親愛的
親愛的詩人
你們的筆是透明那麼
花瓶，浴缸，小便斗

燃爆透明度的詩與人。
普羅米修斯泰坦族的霞披
宇宙膩歪的光口
透明的苗種、透明的於火、透明的腦漿
貓仔豆干厝厝鳥仔

透明是超巨的是無庸置疑
親愛的，詩人啊
我願稱呼你們透明
天國近了，平身

南國夢獸

1　母親妳的名字是一首詩

是不是春分時節屆至
冷冽凜然的光影
慢慢圍繞暖烙的氣息
慢慢拂撥百花擁簇的呢喃
百花擁簇的意象啊

慢，慢，慢慢，慢慢慢
彷彿母親寧靜的微笑
依憑微風徐徐地調頻
徐徐地向初萌奔長的大地
著墨蒼翠湛藍的言語

關於母親刻下的語言
母親點點滴滴的語言
不過人間的幾句話
幾句短短淺淺的字裡行間
短淺平凡的辭彙
恍似神話章節的吟遊詩人
牽領百獸千靈的篇幅
緩緩地朗讀山海百川的曲調
聖天引頸錚鏦的聲音

母親，雷打不動的詩篇
猶若輕輕輕的殘葉
隨著起承轉合的筆墨
冉冉地向未竟的斷簡殘篇
烙印衍拓賡續的呼吸
深海千峯般的韻律
深海千峯的字體

2　葫蘆巷囡仔—南國夢獸葉石濤

舊事，南國
夏蟬秋露與花雪
南洋杉候等著
山林的眼神看著
夫妻樹的明火
巍峨凋謝的春波

我停在葫蘆巷的掌紋
是春夢，春夢從蜿蜒走來
披起香火言語，婀娜的，婀娜地
寶美樓米街與石鐘臼啊
波光粼粼的碎裂

葫蘆巷的輪廓深淺地
牽著安靜，安靜了
燦爛如此孤寂，適合與光影
慢慢近靠行旅的雲烟
訪勝尋幽卻蹉跎著
僅僅依憑斜坡的葫蘆巷聆聽
曲折老街坊複瓣的形容

是葫蘆巷春夢告訴我
那些幹活戀愛結婚悠然的日子
就讓豹變的措辭自行遠走
只是筆尖裡枯萎的墨跡
不得不為南國的停泊書寫
書寫一曲南國紅樓夢

3　南國小女孩—見林芮妡

「辛丑年論陰陽五行，
天干之辛屬陰之金，
地支之丑屬陰之土，
謂其土生金相生。」

願你堅韌冠百木
隨著光影耀映
潔清的質地
天地贈授的紋理

願你柔嫩如芮生
如溫婉的水露
如曼靡的寶珠與寒星
如徐徐吹拂的雲風
如谷脈裡的黃鶯

願來日往後的你
於仰望浩淼的蒼穹時
能以勤牛耐勞的身姿
盛綻淳樸地泥中
春華秋實純粹的意義

4　南國獅子吼—叫我林宥彤

金眸玉爪目懸星
穩騎駕馭下天京—明，夏言

隨風而起，沉默
唯有沉默方能聆聽
聆聽彼方傳來的曲音
毋須留下覆答的名姓

雲入眸眼差可擬
巍峨與柳絮的隱喻
或許因風而落，也因風而起
因風而起因風而落
未竟是沉默想像的相遇

讓喧騰的黑夜走進來
沉默，躁起來，躁起來吧
隨著那一絲絲的晶瑩
晶瑩成山宥的歸宿
彤霞張力凜凜的詩句

淺辭懵懂著朗朗詩句

毫無清晰的言語

獅子座的天空早已預言

金眸，玉爪，目懸星

5　中華民國空軍的孩子

有多久沒好好地
好好地坐著或躺著
靜靜地看著遠方
小時候繪畫的翅膀
皇皇暖煦的太陽

有多久沒靜靜地
靜靜地聆聽風走過身旁
好好地想念潺潺川岸
那幅航夢的時光
虔誠的信仰

有多久沒好好地站著
揮動飛行的雙手
靜靜地好好地
薈萃翺翔的心房
奔騰的雲海

6　我要當水林王—讀《水林思齊》後

我要當水林王，湛藍的聲響
以怒海雄心無滅的血液
隨著開臺庄璀璨傲立的篇頁
慢慢向這座十寨之名銘刻的土地
重新勾勒出響徹雲霄的言語
朗讀澎拜洶湧裡無窮希望的字裡行間
彼時性命拚博所鐫刻的約定

笨港溪或已不再復見浩壯的戰帆
荏苒的水林鄉或許適合夕陽的語彙
以水燦林番薯似的色澤
依憑晚霞契闊錨錠的指引
慢慢聆聽彼時航道抑揚頓挫的呼喊
呼喊水林王心中藏拙的祕寶
或許這座十寨土地才是夢想的祕寶

此刻我鑿敲著回家漫漫的聲響
歸途是靜謐岸墘駐留的迴音
恍如嘯傲山林的虎獸
終究要回返母土孕育的山林
那站在茫茫闃夜的缺月啊
依舊是微笑著，深淺地微笑著
彷彿說著賭上性命的夢土是不會消失
與夥伴踏著冒險的步伐不會退卻
飄揚啟航的旗幟終究不會被世界給遺忘

水林鄉的孩子啊，我們是否還記得
以澄碧翠綠的米稻作潮浪
以斑駁的扁擔鋤頭盪起雙槳
以無謂的青春年少想像乘風破浪
水林鄉的孩子啊，我們是否還聽得見
對著水燦林十寨之地赤膽地呼喊
我要當水林王，水林王是不怕被嘲笑的
水林王的名性是這座島嶼的命定

回到家鄉，回來吧，什麼都甭想了
波光粼粼是潮汐歸返海洋的約定
點盞茫茫滄桑所婆娑的明火
水林王，水林鄉的孩子，水燦林番薯的隱喻
或許歷經萬重山後的久別重逢
簡簡單單的幸福才能淺嚐夢想真誠的尾韻

7　天空牽著森林讚頌水族的孩子

我彷彿聽見海洋的聲音了
是濤濤夢獸吟詠的步伐
以鯨豚比海深的赫茲頻率企盼著相遇
相遇，歸返與滄桑所彈唱的詞曲
那是森林之歌款款砥礪的言語
恍如琉璃透彩濡沫的音韻
隨璀璨的精靈慢慢地尋尋覓覓
尋覓不再假寐孤獨的美麗

回家了，回到喟嘆的篇幅，水族的稱謂
眼前是座祝福的海洋，森林的饗宴
依憑湛藍與翠綠溫潤雅緻的落筆
鳶飛魚躍所刻劃舞動的思緒
猶若透彩的雲朵落下淚滴，蓬勃的意境
拎起晶瑩剔透烙印的呼吸
波光粼粼的洶湧澎拜，千錘百鍊的結晶
慢慢地欲向璞玉翡翠般勾勒的原野
縹緲繚繞所濡染平仄的光影
以潑灑水族追憶的名姓，命定的誓言

湛藍美夢盛綻於樂土的足跡
奎壁聯輝允諾的衣缽

歸岸的水族回來了，如大鵬披著天空入地
隨凝鍊的大魚，火焰之舞的呼吸
煦煦暖暖深邃耀映的眼眸
深淺地在光影的篇幅，廣袤的泥壤
發芽潮汐的鱗片、蒼翠的噴泉、斑斕的彩虹
或許海洋森林中孵化於深處的聲響
始終是飛鳥與水魚翱翔紛飛的隱喻

飛鳥與水魚慢慢向巍峨的遍土曠野
親吻潮貝瓊玉的花蕊，澄澈昶亮的心跳
那是名為遠方水族所擎舉的星球
彷彿久違字辭鐫刻下的皇皇漣漪
於偶然或必然琢磨藏奉的章節
重新擁抱此生再度相遇的象徵詩句

我已不再尋覓海洋的聲音了
雲藍蒼翠的情節終究是棲居於
棲居於心中那幅抑揚頓挫書寫的命定
萬水千丘赧然淬鍊的潮紋
恍似蜻蜓點水輕攏慢撚徐徐地節拍
順沿月光及微風的序文輕輕地傾訴
我仍舊站在這裡，水族陰晴圓缺的語彙
慢慢惦記晨星航舞飛奔到靜謐的漣漪
舟渡輝映的思緒，終有波光瀲豔刻鑄的誓語

8 玉井大武壠

白白曾文溪
朗鏡臥地
結穗的斷簡殘篇

月光大武
黃黃的噍吧哖
風沙裡的磊落素心

紅紅西來庵
靜靜的玉韞珠藏
耀彩的俠氣

白白曾文溪
黃黃的噍吧哖
紅紅西來庵
淳厚的玉井魂
萬古鳥囀

9　曾文黑鳶

於天空敲磨的眼睛
擺渡終是流動的風聲

我們是不是傷害了
眼裡住著森林及海洋
穿著地泥的天空
我們是否該安靜了
聆聽星星月亮或太陽
於雲朵濡染的雙手
充滿皺紋的雙手鐫刻
天空終究是馱負的行者

是那曾文的黑鳶告訴我
飛行的語彙是古老的
花鹿、紫斑蝶及火麒麟
牽著螢火蟲的夢囈
欲向天空的傷痕，雲朵的淚眼
書寫達卡浪與莎韻的篇墨
燦爛斑駁的焰火

10　左鎮石獸

繆斯毋願近靠
沙啞結晶的光影
隨殊異的步伐
穿著疲憊的歲月
聆聽二寮懷抱的初日
荏苒腐朽的高歌

那是雲獸的足跡
左鎮上下尋索的名姓
就讓記憶失去彈性
追憶的原鄉便得以續航
川河濤濤的敍事
翱翔的隱喻

時間慢慢走入石子
恍如濤海的珠露
以青春的峰谷，漣漪的風骨
欲向山巒的眉心書寫
島嶼最恬靜的心跳
綿密的抑揚頓挫

11　阿基米德恍惚了

有些選擇的話語毋須解題
如沙啞所沐浴的聯立方程式
複眼凝視生世不息揣摩的釋義
彷彿滴滴答答的小數點
深淺地站在圓周率的字裡行間
書寫蘊含相遇的綽約量詞
以默會微積分的定律，如巍峨的落葉
聆聽些許字句的胎巢毋須反覆推理
依憑阡阡陌陌的符碼跫音
拎起花團錦簇似的四則運算
於哲學象限的滄桑篇頁抑揚頓挫
那終是起承轉合的墨跡僅已
或許言語著或許，有種證明復索的推導
以殷殷企盼無以名狀的元素踐履
關於零的數域恍若三角函數情緒著
存在或不存在的寂滅意象
空集合抑或子集合純透的措辭
慢慢於不等號形成的宇宙
以星群分母的姿態刻鐫
那幅毫無邏輯的，邏輯印記

12　安康越南街 .odt

金蓮花沉默了，寸草頻頻回頭言語
安康市場開啟舊檔那巍峨的凋謝
檔名僅剩辯題拎著孤寂的詞性
以回憶的硬碟沙啞地翻閱，移工的字體
隨著島岸擦肩而過所書寫的貧瘠
恍似斑斕的書蠹慢慢複製貼上裂縫的隱喻

讓碎片的聲腔說說話，翱翔的篇章
巷弄執意負恃曇華枯木的卵核
卻見盛綻的光影走入漂流的敘事
憑依越南街的名姓遙寄彼方顛簸的鄉愁
或許剝落的辭彙僅欲聯想停留的輪廓
深淺地推敲冥思所濡沫的情節
那幅不曾另存新檔的意象，炙烈的抑揚頓挫

毋如交予風沙來設定，黑白的版面
以香茅、黃薑、芋荷剔透的露瓣
再次下載夢土的淚滴於闃夜裡的嗓音
即便飄洋過海的滾滾心跳零零碎碎
起承轉合的字裡行間也無入墨願意近靠
而皇皇懸命天涯的命題卻老早
老早便披起風風雨雨綢繆的襟袂
毋管茫霧的眼耳有多猙獰喧囂
鏗鏘的呼喊終為歸返年少透描的脈搏

我是該見到你來了，安康市場沉默著
越南街的肩脊依舊笑扛荏苒的激昂澎湃
猶若鯨豚的丰姿編輯殘碩的段落
以虔熱的潮浪形音著雅樂歌籌的節奏
此後有面島魂列印的牆瓦，搏擊長空的眉目
毋讓盈美的斑駁棲居於移工的稱謂
你來定會再見到我，金蓮花所冊頁的孩子

13　閱沈光文番婦

社裡朝朝出，同群擔負行。
野花頭插滿，黑齒草塗成。
賽勝纏紅錦，新粧掛白珩。
鹿脂搽抹慣，欲與麝蘭爭。—番婦，沈光文

每個時代總有位母親
然而總等到時代沙啞了
才愣愣地提著總算的言語
喘乎乎地說到母親
盼著盼著回來了
母親的鹹汗，麝蘭說那是絕世的香
母親的黑齒，白珩說那才是不世之玉
母親的野花簪突然落下
時代不願再沉默了
直直地摳下賽勝纏紅錦的辭彙
恍若鹿脂香綿油光的讚頌
向月瀉所指引的西拉雅祖祭
獻上一把名為母親的夜火

14　大億麗緻，關燈

高級酒店
古刑場
南方監獄
混搭地多藝術

一半烈焰泰半麻雀
白天聆聽瞎夜
枯萎燦爛，炸裂溫馴
違和地多舒服

學學鐵道飯店
島南書寫的人情味
多麼可愛，人見人愛
極道，魔界，霸氣

關於廢墟的隱喻
是人都得走過
那是世界的眼睛

15　南國義勇軍

兄弟們！來！來！
捨此一身和他一拚！—賴和，南國哀歌

來，來，來，南方的兄弟
苦行，莫忘初衷
鍾愛一生的言語
最後一哩路只是開始
溪南溪北看著我們
喝采的鹽水溪
亦靜亦暴的曾文溪
縣道王者的急水溪
無辭風雨，風雨同行
來，來，來，南方的兄弟們
北門新化曾文新豐新營
挺起胸膛，奔跑下去
四面走，八方響，奔跑下去
奔跑已是此生的靈魂
疾風徐林無所畏懼
來，來，來，南方的兄弟啊
這一哩路我們從不歎息
風雨無悔，一生懸命
島嶼，街頭，莫問歸期

16　鹿港沒有了小鎮—重聽羅大佑鹿港小鎮

鹿港不是我的家
我的家鄉怎麼好多人
鹿港沒有了街道
鹿港沒有了漁村
鹿港的清晨或黃昏
隨著媽祖廟雜貨店的香火
一起推進鋼鐵叢林的年輪中

鹿港哪裡是我家
家鄉怎會有霓虹燈和水泥牆
鹿港怎麼多了擁擠
鹿港怎麼多了繁華
鹿港的夢想鹿港的天堂
隨著臺北砌上的黃金
一起歡呼文明假寐的埋葬

鹿港變成誰的家
離開鹿港哪裡有家
鹿港我的爹娘
鹿港我的姑娘
鹿港的笑容鹿港的家園
隨著那位先生帶來的風雨
一起傳承迷惘所徘徊的徬徨

17　向陽，暗安

不小心扯下你的白髮
如純粹的構詞
后於未簽名的詩集
畫繪戲謔文筆的光影
你仍習慣瞇著眼神
我像是遇見到
字語生淤的河溪

握著明火般的眼神
似水漾森林，沉穩的號角
有些體例已不用再解讀
如若皇皇向陽的筆畫
習慣披起闃夜的辭彙
於角落潑灑炙熱的暖光
燒烙盛綻的文魂

或許擦肩而過書寫的言語
時光的書頁名為遺忘
有些標題已深淺地走遠了
卻又像返港的漚鳥
謀篇著那幅望盼的命題
慢慢於入岸的意象
鐫印出銀杏似的邏輯
土地之歌的底蒂

默默的字文已是詩語的眼眶
無意中翻起那十行的稿紙
書蠹所梳爬的天地
恍若翠綠滄桑的花火
正格律寧靜的喧囂仰望四季
後於墨跡裡的華年，斑駁的曲調
恬靜地暴穎婆娑的尾韻

18　琉璃獸

親愛的
能否讓我為你
承掬悠遊的海洋
以春波的皇皇情深
赧然淬鍊的意境
向細流翱翔的光影
精鑄湛藍晴柔的琉璃
剔透的美麗哀愁

親愛的
我為此命名夢囈
以雲朵脱臘鑄造的指尖
順沿晶瑩的心跳
彷彿魚水相逢的步伐
棲居誓言所留下的相遇
天空突然慢慢潛入澄澈的頻率
如果你見到了，親愛的
關於潮浪袒亮的靈光
張燈結綵的繆斯已深淺提起

提起波光粼粼的落筆
斑斕地書寫溫潤雅致的成真
恍若小葉尖尖角所等候的嫩荷

親愛的
或許有些言語
猶似飛鳥與水魚
相望於彼岸的滄桑
卻又濡沫於朝暮裡的擁抱
親愛的，是你來了吧
你來了定會見到我
我正以琥珀色的繽紛擎舉
蜻蜓點水眼眸裡那幅
煦煦暖暖的噴泉林

19　南國潮獸，漁光島斷弦

湛藍暗下，闃夜近靠
末根菸用餘溫言語
半影的啤酒罐如何鏗然
鏗然地往擱淺海撈

沙啞的鯨豚上岸了
向殘荒的秋茂園敞亮
彷彿停頓的漁塭衣缽著
赤裸質地孵化的海堤
於遺落的鱗片綿密迷惘

走吧以淒風的平仄行走
失眠的洶湧總會步入靜謐
不如讓暗暝撐開翠綠的肩胛
會有瘦弱的紅樹林措辭
或許吧那我是否該離岸了

臺江此刻正以獨腳奔跑著
飲盡的啤酒恍若背後乾涸的海
燦爛的憂鬱來了，枯萎亮著靜著
絕續後是湛藍或翠綠接著晚夜

20　泥魚的祝福

就像那鯨魚吧
我抽著餘火的菸

身旁坐著半罐啤酒
依憑用盡一生的迷惘
關於國之南沐浴的濡昫
火滴慢慢於暫啞的盛夏
書寫闃夜無星的洶湧

你也是穿著獨島的碑墳
以孱弱走向寂然的笙簫嗎

南方孤城此刻是絢爛的
只是黑大衛僅剩憔悴的菸草
恍若殘影尋覓著懵月
只願蹀躞豹變的足印
能聽聽鯨豚潰塵的魂緒
那海未竟的言語

不如回去吧不如回到
天無潮煙的鄉愁
比汪洋還深淺的無所適從
僻靜的鱗片向岸火揮著手
或許拙藏的波紋才是吟詠的光影
此生翱翔濤濤的居所

若荏苒已屬癲煞的氣魄
斑駁便為虔誠入岸的星球
湛藍翠綠的島南海獸

21　我停在警政文庫前—兼致臺灣波麗士

吟詠戰魂的天使
遺落千錘百鍊的翅羽
琢磨契闊的孵育
化為鳩鴿金黃的飛鱗

時間停下了腳印
凝視的段落
如拋荒的風沙
抑揚頓挫的辭彙
依憑婆娑虔誠的善果
肅雍顯相的命題
慢慢於待等的敍事
芽穎葉穗晨星的年輪

日子點滴著
藏青涅白的色澤
如雨天的冥思
慢行記憶的勳章
隨著輕攏慢撚
起承轉合的格律
欲向迷惘的殷殷企盼
鑿敲出警政的名姓
天使光影的翅翼

那是遺落的羽毛
落入大江鍾山的眉心
以勇士的臟腑，火燙的泉源
編織竭誠以赴的信仰
慢慢地向淬鍊的漣漪書寫
鳩鴿維德的衣缽
赫赫天秤錨錠的隱喻

22　杏林醫院

心中無鬼自然無鬼
我站在逢甲路 217 號
現在的西門路不是西門慶

有種人不怕鬼
半夜頻尿的人
打電話叫朋友入廁的人
現在我怎站在杏林醫院前

我有點想離開了
假的什麼都是假的騙不了我
愛是不自誇不張狂不做害羞的事
耶穌媽祖王爺佛祖阿立祖

還是去別的地方好了
我不是害怕我對著自己說
我再說一次我沒有害怕
扁舟去作鴟夷子，回首河山意黯然

23　漁光島海獸

潮汐不願按下靜音
以鯨豚抵達鯤鯓的隱喻
未熄的菸用灰燼言語
荳荳園裡如海浪的香氣
披起湛藍的啤酒罐
隨著漁光島鏗然地搖曳

是餘光民宿告訴我
月牙灣的鯨豚上岸了
臺江的眼眸輝映著
彷彿日落塔的夕舟拎起
藍眼淚所翩舞的名姓
於琉金的闃夜點撥剔透的水渠

走下去吧是漁人的邀請
以虱目魚登岸的呼吸
近靠牡蠣盤坐的光影
歲月的質地點點滴滴地
終有鯨豚翱翔的波鱗
會慢慢迎來美夢的藏玉

24　觀夕眼裡的林默娘

回家了南國的舟葉
你終屬殘月複語的溫柔

我愛你這仨字於夜田間傾瀉
擦肩而過落入殘荒的星球
這裡的時間是慢著，黑洞說的

手裡菸聲聲喚，啤酒罐的詞牌
欲為眼前的島南鯨豚潑墨
揮灑沙啞的衣缽，沙啞地鐫劃
擱淺的老城及昏浪
回家了，這句太沉太重

后我執意將檔車轉到三檔接著
突然的熄火如無語的陳抗
更像想像向風雨傾訴
而風雨卻如常地佇於離海
以丘壑的淺沙以殘鹽的夢囈言語

鯨豚啊，拙藏的言語
是你想登陸而我卻
瞅著寂寥慢慢地於鄰旁
鐐銬笑顏假寐的束縛

25　永康復興老兵彩繪區

走著走著就停下了
遠方的戰役到底仍為誰滾燙著
潮浮潮落的經緯快慢地書寫
孤獨盛綻的攘攘紛紛

有些岸途僅剩闃夜的言語
眼前灑落離散的漫火
此刻如我兩頰旁的鬢髮
憑藉荏苒拂吹的風沙
滂沱的紙短情長
以擱淺的榮譽仰盼著
時而閃爍的星群
時而嫵媚隱滅的流囀

或許站在靜寂的淤泥前
以瞪目微笑已是日子贈予的相伴
有些淚滴早就遺忘彼時的斑斕
零零碎碎的秋水望穿
此刻僅能棲居於沙啞的肉身

以退除役的步履想像
遠岸掌心澄淨的青山綠水
龜裂的歲月靜好
仍舊待等著戰魂的孩子歸返

罷了有些鄉愁的肩胛
早被顛沛流離的段落兜轉
漫漫烟雨如今僅剩無槳的舟舫
深深淺淺地勾勒著，恍恍惚惚地言語
點點漣漪未逝的光輝

走著走著天突然就亮了
只是斑駁的篇幅依舊是斑駁的辭彙
身子骨所繫的戍守仍不願離散
那幅黑不溜秋未休的空樓
黑不溜秋莫問歸期的空樓

26　毋提—永康老兵彩繪眷村

或許天空也想像著
人生不過隨處漂浪
午夜夢迴的鳥語花香

或許莫問歸期企盼著
誰才能感受歲月靜好
歲月靜好裡，未竟的鄉愁

或許那場飛蛾撲火
不過是世間的風飛沙
遠方的彼岸鐘響了

淚眼婆娑下紙短情長
花未全開，月不在不再圓

27　葫蘆墩，風員

離場準備，時代放行的登機口
收到慈濟宮聖母眼裡的堅韌
告訴遙遠，讓天火的淚滴回家吧
這裡是謬損的螺旋槳在言語
重新拉起雲霄的水平舵
要再回到鄉愁命定的母地
那座豐原的臂膀、葫蘆墩的鰭翼
關於彼年記憶所遺忘的風雲
泰耶爾墩的塔臺請求聯繫

翱翔的肩軀總是浪漫
倘若掌舵的名姓毋是戰役的方位
飄逸的宿命突向長空揮拳
美麗島的魂魄不曾失訊
拎起眼淚的白髮，湛藍依舊的羽霓
赤子足印進場請求滑行
飛過天空，水瀑似的漆藝，滴下歲月的雲霧
以紅梅揚姿的引擎烙印皇皇草綠
欲告訴海神豢養的炙熱，提起清澈的耳窩吧

你的孩子回來烏牛欄的駕駛艙了
回到這面漫漫水圳所操作
潮浪般的遼闊、花蕊似的輪廓
地面完美降落的歸夢

我走下來。滴答的無線電
恍若思念的翅翼仍舊保持飛行
以凜然展眉的臺北號，穿著雲帆的書寫
於天空的哩程、潮汐的航線
奔騰那時空飄傳單的心願
再隨著復誦的應答機，戍守的長嘯
慢慢凝視出山海屯的跑道，敬禮的葫蘆墩
那幅豐原風行員起落後的停靠

28　南國夢獸

你走了過來。拎起
踟躕上下復索的眼眸
穿起天雲覆巢下的玫瑰
披上風風雨雨的容顏言語
巍峨的殘缺已是此後的行旅
彷彿孤身的步伐仍念念暝跡的敍事
而鮮炙的心跳依舊，無邪的指尖仍然
驛動的魂魄卻早已習慣與闃夜盤坐黑夜
聆聽經年的燭滅住於塵埃裡的雲烟
記憶的瞳孔終停下了毫無説話
獨自掬取月光所潑灑的今年伊人
彼段蒼翠的滴淚呢喃著懸拗的濡焰
掠過峻峭的臉龐浮現模糊的近靠
就讓俯仰選擇抑或贈予遙遠來默寫
或許擦肩而過的字裡行間，皇皇街火
的透筆已於裹糧的海市蜃樓刻下
繫舟似的盛舊，殀夭所揣摩的渡口

29 水林鄉的囡仔回家了—讀《蕃薯囝仔ㄟ童樂會》有感

雲林，蕃薯囝仔，看見了嗎
有無聽到水林鄉的囡仔
拎著《蕃薯囝仔ㄟ童樂會》的起承轉合
用安靜孵化的腔調要向你説聲
你可不可以不要沉默地長大
毋讓時間披起散場的筆墨
向純樸薈萃的臉龐書寫
拔苗助長適得其反的偏旁

打開了《蕃薯囝仔ㄟ童樂會》的篇幅
彷彿泥壤混凝的小小眼睛得以
又得以站在朗朗曲調的掌紋沐浴芬芳
又得以眼見田鼠與熊蟬奔跑於翠綠的曠野
又得以聆聽那片鄉愁絕續的晚夜沐浴於
蕃薯囝仔咬著土芭樂與豬牛睡在菜圃田
那幅消逝所吟詠的純粹風光畫
回來了，回家吧，水林鄉的囡仔啊
來自錨錠丘壑所藏拙的呼喚

快快地、慢慢地、深深地、淺淺地
依憑漫漫徐徐朗朗的風聲翻閱
契闊也隨著滄桑斑駁的風聲
於年邁的街頭巷尾欲將年華闔給夕陽

或許時光的抑揚頓挫總是善良
再次回到水林鄉，回到當初孕育的胎巢
猶若再怎麼窮鄉僻壤的情節
始終會有顆水蜜桃濃郁的香味
要為回家的孩子披上粉霧般的絨毛
恍似美好的段落終是站在燈火闌珊的尾韻
甜甜地、美美地、香香地
告訴歸返的孩子要不要去廟會看看戲

再次打開《蕃薯囝仔ㄟ童樂會》的字裡行間
我像聽到水燦林的黃金蝙蝠飛來
更像看見字字句句坐在田埂間
目不轉睛地等待，爆米香瞬間的狂喜
霎那間看著看著就不小心飛進糞堆
還是當初的位置，還是那時的心情
原來這片鄉愁就在我身旁始終未離開
雲林水林鄉，翠綠未央，蕃薯囝

30　葫蘆巷夢獸

葉石濤：「作家本來猶如一隻吃夢維生的夢獸。」

我心底的葫蘆巷
浪漫不會走遠
露螺的隱喻慢慢地爬
慢慢地向南國寫下
古典光影的夢獸之心

這裡適合喝醉，流淚，懊悔，搖晃
悠然過日子的好所在
沒有春夢如何言語
王城啊，你真是調皮的女子
以酒醉親吻天上聖母
旖旎枯萎的格律

或許。我捏著王祿仔的信條
綻放微笑的魍魎
既然走不出癡夢的謬斯
那就為伊笑傲，夢獸的刀鞘

31　歸仁・歸人

就是克己古禮
或許天下裡裡外外
充斥著想家的歸人
天下裡，無家的歸人

32　願燈

願紛亂婆娑的歲月
得鐫刻寧靜如山
依憑荏苒綿密的因緣
聆聽貝葉濤濤盛綻的弦音
若立於風雨敘語的舟筏
著穿無所罣礙的悟道
欲為渡岸心田點盞
善因妙理的燈影

33　我在南方酒吧看詩人打架

林 1：Достопримечательности

林二：拗嗌嚁喋瞓嗰嘢靚

林參：한글자모한글

林 $：揌恁一坎舂墓壙豬狗羊

林武：saccan，hoorn，tshiah-khàm-lâu

林 6：تعلم العربية تعلم العربية

林柒：恁久好無共下來屙尿

林爸：་བ་མ་འ།མ་འ་ར་ལ་ཧྲ་ཐྲ་སྲ།

林酒：壞壞你今天過得好嗎

林 0：ごじゅうおんず

畢加索你給翻譯再翻譯

大吉大利今晚打飛機

再來杯南國皮癢卡頌

再來首耳朵懷孕顱內高潮

再來我沒醉你沒罪五毛曼波波

不然再來罐島南子彈誰叫林星星

等等我的精神好像長肌肉了

再來整個靈魂都來深蹲吧

我的思想好像更貧乏又強壯了

34　左鎮上校

他覺得唯一能俘虜他的
便是太陽一上校，瘂弦

那已是彼岸的世界
自二寮中日出
在草原間我夢見最大的艸原
雲霧的輪廓住進早坂犀的肉身

軍隊與屯兵訕笑著

什麼是散佚呢
詭異關懷走踏很重要嗎
在誰的筆尖沙沙地戰鬥下
我覺得以後能俘虜我的
定是左鎮

35　我在南國讚美追風

我讚美你
你以你的手，你的力量
建立你的王國
贏得你的愛人
你不剽竊人家功勞
我讚美你
你不虛偽，不掩飾
望你所望的
愛你所愛的
你不擺架子—讚美番王，追風

我讚美南國
你以你的學甲，你的官田
建立你的將軍
贏得你的安定
你不剽竊人家新市
我讚美你
你不關廟，不遇阱
望你所望的

愛你所愛的
你不擺架子
不做特殊大內
你不楠西
下營龍崎
東山，追風

36　又見瓊瑤

你會站在情深深雨濛濛的樹下
拎起紛飛的翅翼
為這片愛河的心跳，寫首
飛翔飛翔我飛翔
風兒是天長地久陣陣吹，你是風的笑顏
而我只是紫貝殼的等候

你會站在夢裡長江的百人家
提著曉風殘月中的獨白
為這世世塵塵的迷濛，點盞
年年歲歲永相依
西子灣的夕日彷彿是條舟揖
要為這面寂寞的寒煙翠，擺渡
遙向清澈彼岸的鴛鴦蝴蝶

讓澄清湖為你唱一支歌吧
你會站在雲且留住的花花年華
月兒唱出嬋娟掀起了眼簾
海鷗飛處始終是念著故鄉
天上人間，不過是場一簾幽夢

幾度夕陽紅走來了。

衛武營在水一方，舉步維艱的

雨中紅玫瑰舉著滄桑的浪漫，燕兒翩翩飛

底是能紛飛出誰的忘懷，今夜

我會站在曉風殘月中的獨白

想像彩雲的存在

37　以老屋作餐一側記榮民魂

那片剝落的聲響
仍笑歡著青春的悼文
始終以宇宙的胸脯
站在的曠野般的段落
築構浩繁風雪裡
晨曦似的磚瓦

既然命定的漂流滾滾奔來
就讓隨風搖曳著，搖曳著
或許便能找到據點的辭彙
就讓漂流的斑斕來吞噬吧
讓傷懷來暢飲冷冰冰的失眠

殘火的戰役燙久了
盡當沐浴所徜徉的篇章
此刻口述的關心你不如帶回去
花瓣露輝似的言語留在這
行了行了都行了
什麼都不用不必再說

或許你我誰誰誰
已非彼時熠熠焰火的喧騰
是否被當成違章建築都罷了
榮譽也毋須特地測量拉皮
眼前這夢囈膠著的老屋
此刻便是誰與誰的擁抱
那退除役後的禮物
已如沙啞輝映的光燦

38　在七股讀洛夫愛的辯證

火來

我在灰燼中等一洛夫

緊抱七股
有七個人訕笑著
而我在極西點該等誰
水來
我被派去曬鹽
火來
實在太累了
只好在六孔碼頭前
煎虱目魚烤海鮮
牡蠣文蛤黑面琵鷺的灰燼
七股愛的辯證

39　空軍烈士

淚滴太沉重
扛著承諾飛行

抑揚頓挫的雲朵
是承諾寫下的錦繡

漫漫迷惘的長卷中
馭風起飛仍舊承諾著

以翱翔的足跡註解
那是承諾的掌紋

承諾駐留於蒼穹
答案終是琢磨的命題

或許飛行是唯一的敘事
承諾慢慢地寫下年輪

毋須再為傷痛落淚
以承諾作為前行的翰墨

讓風沙為所有企盼落筆
承諾是此刻的神思

承諾彷彿是殘骸裡的花蕊
當你堅定地向天空敬禮

承諾不再沉重了
當你我扛著薪火飛行

40　島神炎柱・消防戰士・參上

心を燃やせ，讓心燃燒吧—鬼滅之刃

那些不過是碎火
我可是能叫岩漿跪下
名為紫焰的天籟
燃燒參上，來迎聖臨

我再說一次
如光影揮舞著翅葉
凡是揹起煉獄的足印
都將是曙光擎舉的牌盾

叫我島神炎柱
你們這群濃煙闃夜
短暫的消逝終將
終將成為炙烈的嘹喨

多溫柔的魑魅魍魎
禁錮孤危和困惑都墜落了
熾熱的珠露會化為彩虹
於吶喊中盛綻傲然的天空

41　山葉 RS

我不會把你賣掉
老邁的速克達
山葉初代目
赤紅的獨角獸

中二般的猛獸
你的靈魂仍舊猖狂
驚天動地暴走天使制霸
哪怕化油器腎結石
高齡化的里程數
指針愛咳嗽的排氣管
叮囑破傷風的坐墊
限乘辣妹準備了
那張福特貼紙在哪裡

我沉默地再說一次
時代終像那裝飾的卡鉗
名為山葉馬士丹開始發轟
讓我們駕霧吧，極速紅心
你衰頹的尾燈還是那麼翹啊

42　奔跑吧，宜蘭羅葉

奔跑吧，蘭陽路線的孩子
穿起筆墨的背心，自由之愛的編碼
緊握耐力訓練的韻腳
向翠綠平原的起跑線透喊
有片貝葉拎著歸返，蟬的發芽發出訊號
弓身的足印完美預備
候等龜山島鳴槍的語言一迸
你已是我的風景衝出去了

羅東林場說初速別太快
如似春雨落於冬山河的泰然經緯
依憑彩鷸起承轉合的錦繡
聆聽遺書序曲裡的音符
眼隨蔣渭水高舉講義的步調
后以噶瑪蘭原生的腳程，神獸般的節奏
鐫刻金六結被堅執銳的體能
恍若國小圖書館吟哦音樂樹的扉頁
巍峨深淺地揮動翻閱的臂膀
慢慢地向那片你我的風景鑄字
不輕易傾訴晚安的心肺

太平洋的汗滴沉沉地跑來
此刻斐然迷惘的湛藍
彷彿鄰旁北宜公路的敍事詞性
奔跑下去。書寫的引擎你只有不停地跑
這片風景已不再是心願的肱股
關於阿基里斯腱荏苒的鄉愁
持衡的段落深淺地孵化，右外野手情采的朝霞
綿延的堅韌終會擊碎光影的胸膛
銘記賽道如何逗號毅力的偏旁
馬拉松裡保持速率的辭彙

或許我們已不再是彼此的風景
經過狂人李榮春聲嘶力竭的助陣
再向蜜餞補給站致意擊掌
有人，站在頭城獎牌的終點線前
赤腳的貝葉、繆斯的跑者、硬漢的字體
臨摹彼岸幾米火車穿梭翠綠的編織
自由奔跑於湛藍的太平山，鷹揚虎躍的文曲
想像毫無勝敗的篇幅裁剪複沓的眼眸
若似石屋的老酒款款奔跑，長長短短的鯨豚章句

43 繆斯言語的宇宙—致跑跑卡丁車、絕對武力、天堂、艾爾之光、新楓之谷

一、 終點線前的車手—想想跑跑卡丁車

剩下最後一圈，
終點線就在眼前，
勝利快到手了，
霎那間，飛彈的步履衝來。

此刻，我卻停著，
停在終點線前，
放開鍵盤上的方向鍵，
駕馭的方向盤也鬆開了，
速度慢慢地歸零，
彷彿冰河地圖的凍結，
更猶似烏雲所勾勒的迷茫。

大魔王也來了，
水炸彈噴開，
宇宙船跟過來，

水蒼蠅飛來飛去，
誘導飛彈開始瞄準，
關於首當其衝的隱喻，
不斷在我的腦迴裡言語。

或許，速度已並非唯一，
再怎麼強悍的引擎，
不過是道具賽中，微渺的道具，
道具賽中比的是智慧及隱藏，
加速器僅僅為短暫的裝飾，
恍似曇花一現的企盼。

最後，我慢慢地開過，
慢慢地抵達終點，
從巔峰走到深淵的篇章，
不過是道簡單的筆劃，
霎那間，我突然想念著
那群不起眼的道具，
銀色的盾牌、天使的祝福，
以及護守隊友的電磁波。

二、 武戰之翼—見絕對武力

有些焰火自出一出生，
如冷酷的森蚺，殘暴的雷虎，
隨著鷹鷲的皇皇聲響，
慢慢燎原此生命定的戰場，
無怨無悔的體裁。

是我自己披起闃夜的語彙，
裝備衝鋒槍砲的章節，
繫著滾燙的普刀，明滅的彈道
這場武裝代號的段落，
名為黃金夜鶯無寐的堅忍，
關於戰士斑斕的修辭，
終究毋須名姓來刻意褒勉。

眼神裡仍輝映著永遠忠誠，
沉默始終是光影留下的引信，
英雄本色書寫的甲胄，
傲氣深淺地走進死鬥的戰役，
以災厄之章的意象，
謳歌武裝游擊的魂魄。

三、 繆斯的聲響—再現天堂

以混沌的時代為光，
迷茫的偏旁為影，
憑依血盟駐足的誓約，
復仇討伐的肌理，
慢慢書寫歸返的情節，
那裡，就是天堂的答覆。

天堂，不只兩個字，
彷彿人間所遺留的言語，
以想像的隱喻召喚，
魔法師、精靈與騎士的光影，
隨著紅獅傳說的段落，
欲向離開時所鐫刻的步履，
再次勾勒回家的命題。

離開，或許是歸返的方向，
翠綠的落葉牽起湛藍的雲朵，
載負斑斕盛綻的焰火，
恍若烽火歲月裡，天堂，
欲以戰役的筆墨向宇宙訴說，
生命之樹的皇皇字體，
是王座未竟所低下的淚滴。

四、 重返榮耀之艾爾石—遙寄艾爾之光

當國度的光輝走入殘壁，
勇士的果實便會發出新芽。

闃夜的眼眸，月光形狀，
以鷹鷲的魂翼，雷虎的氣魄，
慢慢地站上曠野的篇幅，
孤獨，或許是守護所留下的綻放，
欲向艾爾之石，碎裂的企盼，
重新找回彼時榮耀的篇章。

艾爾之石，如贈予的光明，
贈予的光明始終來自於，
漫索無度的淒淒長夜間，
長夜，就為書寫不滅的朝陽，
彷彿於碎裂迷惘的大地，
有面舉著聖火的國度，
始終站在最深的朦朧大霧中。

戰鬥，此刻，前進，毋悔，

名為艾爾之光的救贖，

欲以血燙的殤痕，命定的誓約，

慢慢擘劃出通往天堂的光影。

五、 開拓者之光一惦念新楓之谷

路還要走下去，如山海展翅，
開拓者此生此命的步伐，
以風風雨雨的字體，
慢慢於幽深的長夜，晶瑩的眼眸，
書寫純粹仰盼的魂魄，
關於帕爾坦遺跡昭誓的言語。

走下去，古代之力召喚著，
即便卡魯帕族始終沉默，
沉默著以茫霧的筆墨寫下，
信任的釋義，只有時間才能翻譯，
或許前進已是開拓者的掌紋，
背負詛咒的肉身，廢墟的臟腑，
光明的篇章方能降於，
遺跡所渴求企盼的萬水千丘。

羅盤指南針慢慢地停止轉動，
試煉儀式的火苗也漸漸地褪色，
是開拓著回來了，我回家了，
眼前曠野荒地開始恣意奔長出，
噴泉般的新芽，炙烈的圖騰，
戰役的章節終為開啟和平的水晶之門。

44　炎帝・消防員・火德星君

願眾生世間如詩
淨香點燈，雙手合十
拜請星君良善入心

敬奉火天金剛
港都英雄，戰鼓任務
勇猛衝地，水龍入陣
生死救援逆行腳步
祈求上天護佑來開路

大慈大悲火德星君
乾坤陰陽，天地正位
斬火押煞，驅邪斷根
領引弟子救人救活救難苦

願南方暗夜開花
文武科儀，昭彰巡行
黑符呼聲虔誠送火王

45　西柯東艾北卡南麥

一、　曼巴小飛俠

親愛的籃球
你不會再見到凌晨四點
不會再見彩虹般的後仰跳投
也不再能見到曼巴似的轉身切入
十年千年萬年甚至到永遠
我們終究無法再見
以小飛俠為名的天使
親愛的，籃球

二、　戰神艾佛森

你只能停留在原地
用默愣的信仰
忠誠地閱讀
我用變向速度書寫的
強者生存的足跡
爛漫的身形
戰神覆答的詩句

三、 文斯卡特

願你報以飛翔
我贈與高歌的天空
降不降落不再重要了
往後餘生的人間世
有道翅翼的名姓飛過
以卡特航空為命名

四、 T-MAC

視覺懷孕，恍惚的眼神
那是上帝命名的指尖
給他三十五秒的境域
以魔術火箭的隱喻
他已舉起關於零的宇宙

46　神農街浪子

眼眸不能有淚
阿母講的
搖搖晃晃的我
彷彿聽見回憶走來
木屐鏘鏗鏘

卡薩爾斯琴的碎念
怎麼又來了
都習慣在霓虹間婀娜多姿
特別是夢囈的夜裡
我直接拿起酒瓶親碎
歲月的窗

繾綣的春夢猶若
喜歡醉倒於枯萎的巷弄
我滑稽地掀起風塵的裙子了
突然來一堆野狗
石舂臼拳頭的聲響
戲謔你也會滲出血啊
帆寮街吹著吹著
天上聖母你怎麼那麼美

47　臺南南山

你們是人
曾經

遷墳
反遷墳
星星月亮
無太陽

我只敢遠遠地
遠遠地看著

可以借我錢嗎
遊民説他被房東趕出來
房東有好幾間沒住人的土地

啊是人是鬼
你才是鬼

一邊高喊國泰民安
那邊有王祿仔在賣膏藥
這邊怎麼在搔首弄姿

48　臺南統一獅

棒球，不只有球棒
拿起溫柔的石頭
公平正義地拆椅子
向投手丘深情地劃出
兄弟統一的彩虹

那年，二零零八年
你站在板凳清空
我徐徐地害羞拉弓
多麼壯闊四射的承諾
你激動了，我雀躍了
第九局讓我們不知所措

我知道是我的錯
我的喉嚨不該嘶吼
我的心臟太接近神話
那年，棒球不需要球棒

親愛的，有誰仍願知道
當你再拿起石頭椅子和雞蛋
我才明白，真真地明白
那是種幸福的守候

49　閱許南英五妃墓

海山無處竄天潢，
果爾王亡妾亦亡。
同日雉經完晚節，
有星魚貫照新昌。—五妃墓，許南英

每走一步時代
彷彿又從另一座時代名為
窺園荒草的無主自開
活了過來，

但那終究是始終猶若豔陽的記憶
只是月光的眼睛灑淨著
久違的碑碣十字香促我須
停泊於新昌里的五妃墓，
那廂無關風雨的心跳
朦朦朧朧的劍鋒

有人。坐在我的影子
隨著風聲的筆跡
星群魚貫地慢慢地，漫漫地
寫出歷史裡關於雉經之度
那股天潰的喧囂始終
旋舞著南國的英魂彷彿
洲仔尾斜陽裡一股
完節的義膽忠肝

50　泰北的孩子

一群被遺忘的人，
他們戰死，便與草木同朽；
他們戰勝，
仍是天地不容！—柏楊

一、　今後與孤寂環環相扣—致泰北孤軍

如何為孤寂的稱謂命名
闃夜等待海市蜃樓般的彩霞走後
任由縹緲恍恍的星辰寫下
關於泰北的脈搏
已慢慢披起墜落的冷漠
盛開的枯萎

國家、民族、土地　還有什麼口號需要發聲
孤島的足印慢慢隨著風沙漫拂而過
死守、保衛、家園—孤芳自賞還是那麼鏗鏘
泰北的孩子啊慢慢從戰幔走來
你好，我們不過是群孤島
所聚集而出更巨大的孤島罷了

世界的美好都已經與我們無關
熙熙攘攘的後退逃跑躲避，如今仍言猶在耳
牽著孤寂穿著孤寂行踏著孤寂
猶若眼淚流乾後只是換成茫然流淚而已
太陽啊，始終是黑夜的俘虜
詭異的繽紛，燦爛的荒蕪，失落的溫度
飄然迷茫的大雁南飛

關於泰北孩子要如何言語春秋
美斯樂與滿星疊的櫻花沙啞的吹
彷彿衰頹的星辰及埋葬的草原最明知
然後無聲地站在時代的隙縫間
慢慢聆聽殘餘的邊界彈奏著
狼狽的地老天荒，堅韌的遺忘

就讓孤寂繼續與我們陪伴吧
年輕的臉龐早已習慣將悲劇讀成喜劇
那是淡然的眼眸，金三角所書寫的溫柔
所以罌粟花是否為毒物的誤讀
在哀戚的蒼穹籠罩下
名為美斯樂後裔的廝守，終是破碎的守候

二、殘缺舉起金黃的後裔　見泰北義民文史館

重返泰北美斯樂
我像聽見槍林彈雨走來
沉默的淚滴
然後是血染般的餘暉
乾涸的櫻花樹

彷彿世間所有的思念
到頭來還是場闃暗的星光
泰北的孩子啊低下頭
不停地撫摸著孤軍名字的溫度
來來回回餘情未了
無聲的嘶吼，異域的白髮

崇山峻嶺仍站著
但天涯的膂骨已經倒下了
茶香在夕暮裡走走尋尋
時代破碎的足印
而芬芳的雲朵飛來飄去
若歲歷刀疤的掌紋
忠烈英靈縹縹渺渺，兜兜轉轉
日後的印痕該是幾次輪迴
就只剩孤寂墜落的天空
聆聽著脆弱的年華

於終夜來臨前
我刻意撿起散落的枝椏
看著荒蕪似的眼神
直覺北方會慢慢燃起青翠泥壤中
那些從未腐朽的魂魄
或許當最孤寂瘦弱的火炬擎起
閃爍的星辰就會被點亮，純粹的夢
時而微弱時而巨大的彩霞
宇宙心底最深的不捨

三、我在泰北摘下抑鬱　聽美斯樂在流淚

孤軍，異域，罌粟花
似茫茫闃夜裡沉默的火炬
已習慣從失根散落的靈魂中
拾掇出寧靜清萊的相擁
彷彿溫柔住在槍林彈雨間
細細聆聽沙啞的他那翁山之巔
顯影彼時撤退的眼眸

時代的白髮恍恍惚惚地
言語世間到底愛該是什麼
然後穿起煎熬愣愣地站在故事的胸膛
那是名為金三角春城的美斯樂村
剿共的刀柄，至今仍舊少年

看似遺忘的化外桃源之地
但我彷彿沉沉地聽見，泰北正不停地流淚
不斷地向彼岸漫漫叢聚孤寂
對那些散落於異鄉的魂魄流著淚
迷路的泰北孩子啊，考牙山戰裡無路可走
只剩枯萎的眉眼共嬋娟

逞強的臂膀不為什麼
始終是為了張起宇宙似的心跳
如果寒冬終究不願屈膝，那就在冷冽中取火
翻山越嶺的北方鄉愁，慢慢地
將入南的奔騰鮮血醞釀出戍守的溫柔
而我突然在美斯樂的襟懷中
考牙山戰與他那翁山之巔圍著
聽見非雨季的泰北清萊，靜靜地
烈成一幅愴懷曷極的雨季
若似赭血的飄櫻花，彷彿茫然卻又堅定的臉
齊伙吟唱殘缺卻是溫柔的歌曲

四、 宇宙寧靜下的掌紋　想像泰北孤獸

上帝所遺記的地方
名為異域的曠野
那是烽火狼煙鑄造的鄉愁
以拼戰的忠魂走向泰北

那沒有星辰，獸跡也不願靠近
只是有群人，一群鷹視般的軍旅
關於泰北孩子的瀟灑
以雄獅的胸膛，以豹子的果敢
要將孤軍的稱謂攀拔出閃爍的星辰

彷彿天降神獸的魂魄
披著翻山越嶺，扛起逐風破浪
以野性鬥戰的血性脈搏
要將金三角灌溉出，清萊的祈禱，美斯樂的溫柔
如果遺忘終將是我們的名姓
那就讓遺忘的言語成為
無法抹滅的墓誌銘里程碑吧

以孤軍的堅貞作筆尖，以異域的聖潔為篇幅
於泰北的封頁書寫出錨錠的修辭
猶若罌粟花向北紛飛的意象
慢慢地在浴血奮戰的遷徙之中
淚下祖根所企盼的家園

只要心中的鄉愁無滅
眼神所指的地方就是回家
以血液的語言，以刻骨當習慣
直至滴下的淚滴於花團錦簇的茶香中
芽穎出孤軍不孤，異域溫馴的翅翼

那是來自金三角清萊美斯樂的神獸了
寸草正在上升，而天地動容
如此泰北中華將士便能在餘暉的呼喚下
安安靜靜地，寧詳地沉睡了

五、 回家了，泰北的孩子

親愛的
這裡也是你們的家
泰北的孩子們

這座時代，名為段希文
他那翁山之巔言語著
關於泰北的虎膽
當有人以寸草的肩軀
擘劃出龍蟠鷹揚的星斗
孤軍之魂終究無孤
清萊美斯樂的山河迎來

有種浪潮，名為段希文
考牙山的戰幔微微啟開
只是泰北的孩子們
正站在存亡之秋高喊著
生於戰事那就與戰事為友
一身是膽，日月可昭，虎踞鳳舞
而異域的血花已慢慢地飄逸出
美斯樂的蔚藍溫柔鄉

水濁有魚，山腰有樹
泰北的孩子啊，堅定地沉默著
然後深淺地高舉忠魂戰魄，曷其有極
彷彿千軍萬寨如今再出現於眼前
運籌帷幄早已弓起股肱心膂

若悠悠罌粟花雷電般地射日擊月
使昊昊蒼天的風沙得以
在異域孤軍離民間，若連綿的山坡
鐫刻下風範永欽的命脈
那正是不老的浩瀚美斯樂，段希文的身段啊

所以回家了
親愛的
泰北的孩子們

51　劉啟祥故居

離鄉穿起歸返的聲音
拓荒色澤的光影
親愛的，南國
泊守荏苒入岸的辭句
讓青蔥的潮浪留給無槳
穿霧迢迢的舟行

戍守始終親吻著鄉語
愚辭靜默的思緒
南國，親愛的
撒嬌的雲霧冉冉聆聽
赧顏遊子拎起油畫的隱喻
婆娑輕歎的淚滴

頤樓再見南國的名姓
流囀的舟牽著昏黃的綠
久候的白蓮霧
時光的碎片落筆故居
春神的足跡向宇宙的眼眸
繪畫出柳鶯的心

52　母親的胳膊

慈母的胳膊是慈愛構成的
孩子睡在裡面怎能不甜—雨果（Victor Marie Hugo）

最深謐的夢鄉，最幸福的舒眠，
或許是放下風風雨雨堆疊的包袱，
想像躺向母親豐碩的手掌裡，
那幅毫無憂慮的微笑，
輕輕微笑的聲律。

當我再次躺向母親，
母親所編織縫補的床枕，
有著大豆泡棉與乳膠般的舒適，
而我沒有睡著，我不想睡著，
慵懶、冥想、放鬆、減壓，
恍若一首 α 波水晶音樂構辭的床枕，
隨著厚薄適中的抑揚頓挫，
涼感恆溫的起承轉合，
慢慢地感受、靜靜地感受、徐徐地感受，
草原海洋星辰太陽般的意象，

那是母親，母親一針一線架構的床枕啊。
我好像回到母親的懷抱了，
彷彿回到小時候，回到母親那雙，
始終沒讓皺紋攀爬纏繞，
沒讓歲月無情地刻劃，
沒讓滄桑隨意地裝扮，
那雙充滿青春洋溢的掌紋，
以掌紋織補簡單純粹堅強的床枕。

母親，母親啊，
你有著中鋼鋼材的體態，
你更像伸縮彈性的表布，軟硬兼併的床枕，
軟硬度、支撐性、透氣度、吸震力、降噪性，
關於母親的言語，母親的意義啊，
慈愛守護永不枯竭。

或許，有種床枕的骨架，
名為真摯的愛，天使的翅翼，
母親永恆的胳膊。

臺南作家作品集　全書目

● 第一輯

1	我們	• 黃吉川	著	100.12	180 元
2	莫有無 — 心情三印一	• 白　聆	著	100.12	180 元
3	英雄淚 — 周定邦布袋戲劇本集	• 周定邦	著	100.12	240 元
4	春日地圖	• 陳金順	著	100.12	180 元
5	葉笛及其現代詩研究	• 郭倍甄	著	100.12	250 元
6	府城詩篇	• 林宗源	著	100.12	180 元
7	走揣臺灣的記持	• 藍淑貞	著	100.12	180 元

● 第二輯

8	趙雲文選	• 趙　雲	著	102.03	250 元
		• 陳昌明	主編		
9	人猿之死 — 林佛兒短篇小說選	• 林佛兒	著	102.03	300 元
10	詩歌聲裡	• 胡民祥	著	102.03	250 元
11	白髮記	• 陳正雄	著	102.03	200 元
12	南鵲是我，我是南鵲	• 謝孟宗	著	102.03	200 元
13	周嘯虹短篇小說選	• 周嘯虹	著	102.03	200 元

14	紫夢春迴雪蝶醉	• 柯勃臣	著	102.03	220 元
15	鹽分地帶文藝營研究	• 康詠琪	著	102.03	300 元

● 第三輯

16	許地山作品選	• 許地山	著	103.02	250 元
		• 陳萬益	編著		
17	漁父編年詩文集	• 王三慶	著	103.02	250 元
18	烏腳病庄	• 楊青矗	著	103.02	250 元
19	渡鳥 — 黃文博臺語詩集 1	• 黃文博	著	103.02	300 元
20	噍吧哖兒女	• 楊寶山	著	103.02	250 元
21	如果 · 曾經	• 林娟娟	著	103.02	200 元
22	對邊緣到多元中心：臺語文學　主體建構	• 方耀乾	著	103.02	300 元
23	遠方的回聲	• 李昭鈴	著	103.02	200 元

● 第四輯

24	臺南作家評論選集	• 廖淑芳	主編	104.03	280 元
25	何瑞雄詩選	• 何瑞雄	著	104.03	250 元
26	足跡	• 李鑫益	著	104.03	220 元
27	爺爺與孫子	• 丘榮襄	著	104.03	220 元

28	笑指白雲去來	• 陳丁林	著	104.03	220 元
29	網內夢外 — 臺語詩集	• 藍淑貞	著	104.03	200 元

● 第五輯

30	自己做陀螺 — 薛林詩選	• 薛　林 • 龔　華	著 主編	105.04	300 元
31	舊府城 • 新傳講 — 歷史都心文化園 區傳講人之訪談札記	• 蔡蕙如	著	105.04	250 元
32	戰後臺灣詩史「反抗敍事」 的建構	• 陳瀅州	著	105.04	350 元
33	對戲，入戲	• 陳崇民	著	105.04	250 元

● 第六輯

34	漂泊的民族 — 王育德選集	• 王育德 • 呂美親	原著 編譯	106.02	380 元
35	洪鐵濤文集	• 洪鐵濤 • 陳曉怡	原著 編	106.02	300 元
36	袖海集	• 吳榮富	著	106.02	320 元
37	黑盒本事	• 林信宏	著	106.02	250 元
38	愛河夜遊想當年	• 許正勳	著	106.02	250 元

39	臺灣母語文學： 少數文學史書寫理論	• 方耀乾	著	106.02	300 元

● 第七輯

40	府城今昔	• 龔顯宗	著	106.12	300 元
41	臺灣鄉土傳奇二集	• 黃勁連	編著	106.12	300 元
42	眠夢南瀛	• 陳正雄	著	106.12	250 元
43	記憶的盒子	• 周梅春	著	106.12	250 元
44	阿立祖回家	• 楊寶山	著	106.12	250 元
45	顏色	• 邱致清	著	106.12	250 元
46	築劇	• 陸昕慈	著	106.12	300 元
47	夜空恬靜一流星 臺語文學評論	• 陳金順	著	106.12	300 元

● 第八輯

48	太陽旗下的小子	• 林清文	著	108.11	380 元
49	落花時節 - 葉笛詩文集	• 葉　笛 • 葉蓁蓁　葉瓊霞	著 編	108.11	360 元
50	許達然散文集	• 許達然 • 莊永清	著 編	108.11	420 元
51	陳玉珠的童話花園	• 陳玉珠	著	108.11	300 元

52	和風人隨行	• 陳志良	著	108.11	320 元
53	臺南映像	• 謝振宗	著	108.11	360 元
54	【籤詩現代版】天光雲影	• 林柏維	著	108.11	300 元

● **第九輯**

55	黃靈芝小說選（上冊）	• 黃靈芝 • 阮文雅	原著 編譯	109.11	300 元
56	黃靈芝小說選（下冊）	• 黃靈芝 • 阮文雅	原著 編譯	109.11	300 元
57	自畫像	• 劉耿一 • 曾雅雲	著 編	109.11	280 元
58	素涅集	• 吳東晟	著	109.11	350 元
59	追尋府城	• 蕭　文	著	109.11	250 元
60	臺江大海翁	• 黃　徙	著	109.11	280 元
61	南國囡仔	• 林益彰	著	109.11	260 元
62	火種	• 吳嘉芬	著	109.11	220 元
63	臺灣地方文學獎考察 — 以南瀛文學獎為主要觀察對象	• 葉姿吟	著	109.11	220 元

● 第十輯

	書名	作者		出版	定價
64	素朴の心	• 張良澤	著	110.05	320 元
65	電波聲外文思漾 一 黃鑑村文學 作品暨研究集	• 顧振輝	著	110.05	450 元
66	記持開始食餌	• 柯柏榮	著	110.05	380 元
67	月落胭脂巷	• 小城綾子	著	110.05	320 元
68	亂世英雄傾國淚	• 陳崇民	著	110.05	420 元

● 第十一輯

	書名	作者		出版	定價
69	儷朋/聆月詩集	• 陳進雄 / 吳素娥	著	110.12	200 元
70	光陰走過的南方	• 辛金順	著	110.12	300 元
71	流離人生	• 楊寶山	著	110.12	350 元
72	臺灣勸世四句聯 — 好話一牛車	• 林仙化	著	110.12	300 元
73	臺南囝仔	• 陳榕笙	著	110.12	250 元

● 第十二輯

編號	書名	作者		出版年月	定價
74	李步雲漢詩選集	• 李步雲	著	111.12	320 元
		• 王雅儀	編		
75	停雲 — 粟耘散文選	• 粟　耘	著	111.12	360 元
		• 謝顓編	選		
76	解剖一隻埃及斑蚊	• 王羅蜜多	著	111.12	220 元
77	木麻黃公路	• 方秋停	著	111.12	250 元
78	竊笑的憤怒鳥	• 郭桂玲	著	111.12	220 元

● 第十三輯

編號	書名	作者		出版年月	定價
79	拈花對天窗	• 龔顯榮	著	113.01	250 元
	— 龔顯榮詩集	• 李若鶯	編		
80	我在；我在鹽鄉種田	• 林仙龍	著	113.01	360 元
81	向文字深邃處摘星	• 顏銘俊	著	113.01	300 元
	— 華語文學評論集				
82	記述府城：水交社	• 蕭　文	著	113.01	280 元
83	往事一幕一幕	• 許正勳	著	113.01	280 元
84	南國夢獸	• 林益彰	著	113.01	360 元

臺南作家作品集 第十三輯(84)

南國夢獸

國家圖書館出版品預行編目(CIP)資料

南國夢獸 / 林益彰著 -- 初版 -- 臺北市：羽翼實業有限公司；臺南市：臺南市政府文化局, 2024.01 面； 公分 --(臺南作家作品集 第13輯；84)
ISBN 978-626-97799-2-5(平裝)
863.4 112015141

作　　者｜林益彰
發 行 人｜謝仕淵
督　　導｜陳修程 林韋旭 黃宏文 方敏華
編輯委員｜呂興昌 林巾力 陳昌明 廖淑芳 廖振富
主　　編｜陳昌明
行　　政｜陳雍杰 李中慧 陳瑩如

總 編 輯｜徐大授
編　　輯｜陳姿穎 許程睿
封　　面｜佐佐木千繪
設　　計｜清創意設計整合工作室
排　　版｜重啟有限公司

出　　版
羽翼實業有限公司
地　　址｜108009臺北市萬華區長沙街二段91號3樓之15
電　　話｜02-23831363
臺南市政府文化局
地　　址｜永華市政中心 708201臺南市安平區永華路2段6號13樓
民治市政中心 730210臺南市新營區中正路23號5樓
電　　話｜06-6324453
網　　址｜http://culture.tainan.gov.tw

印　　刷｜合和印刷有限公司
經 銷 商｜大和書報圖書股份有限公司
出版日期｜2024年1月初版
定　　價｜新臺幣360元
ISBN 978-626-97799-2-5 GPN 1011201255 文化局總號2023-724

展售處
- 中華民國政府出版品展售門市
國家書店 104472臺北市松江路209號1樓 02-2518-0207
五南文化廣場 400002臺中市中山路6號 04-2226-0330
- 臺南市政府文化局文創發展科
700016臺南市中西區府前路1段195號（愛國婦人會館內）06-2149510